康奈尔·伍里奇黑色悬疑小说系列

黑衣新娘

[美]康奈尔·伍里奇 著

邹文华 译

上海文艺出版社
Shanghai Literature & Art Publishing House
上海故事会文化传媒有限公司

康奈尔·伍里奇黑色悬疑小说系列(全18种)

编委会

总策划 夏一鸣

主　编 黄禄善

副主编 高　健

编辑成员(按姓氏拼音为序)

蔡美凤　高　健　洪圣兰　胡　捷

黄禄善　唐　祯　吴　艳　夏一鸣　朱崟滢

序 言

　　你见过妻子为丈夫的情妇洗冤吗？见过杀手恋上自己的谋杀目标吗？还有弃妇嫁给死人、员工携带老板爱妻逃亡、富豪邮购致命新娘，等等。所有这些令人心颤的诡谲事件，或者说，诞生在西方资本主义世界的怪胎，都来自康奈尔·伍里奇（Cornell Woolrich, 1903—1968）的黑色悬疑小说。黑色悬疑小说，又称心理惊险小说，是西方犯罪小说的一个分支。它成形于20世纪40年代，在50年代和60年代最为流行。同硬派私人侦探小说一样，这类小说也有犯罪，有调查，然而它关注的重点不是侦破疑案和惩治罪犯，而是剖析案情的扑朔迷离背景和犯罪心理状态。作品的叙事角度也不是依据侦探，而是依据与某个神秘事件有关的当事人或案犯本身。伴随着男女主角因人性缺陷或病态驱使，陷入越来越可怕的犯罪境地，故事情节的神秘和悬疑也越来越强，从而激起了读者的极大兴趣。

　　康奈尔·伍里奇被公认是西方黑色悬疑小说的鼻祖。他出生于美国纽约,幼年即遭遇父母离异的不幸。在前往父亲工作的墨西哥生活了一段时期之后,他回到了出生地,同母亲相依为命。1921年,他进入了哥伦比亚大学,但不多时,即对平淡的学习生活感到厌倦,并于一场大病之后退学,开始了向往已久的职业创作生涯。1926年,他出版了长篇处女作《服务费》,接下来又以极快的速度出版了《曼哈顿恋歌》等五部长篇小说。这些小说均被誉为"爵士时代小说"的杰作,尤其是《里兹的孩子》,为他赢得了《大学幽默》杂志举办的原创作品大奖,并得以受邀来到好莱坞,将小说改编成电影剧本。1930年,"事业蒸蒸日上"的康奈尔·伍里奇与电影制片商的女儿结婚,但这段婚姻只维持了几个星期便因他本人的恋母情结和同性恋倾向而告终。此后,康奈尔·伍里奇一度意志消沉,创作也连连受挫。一怒之下,他销毁了全部严肃小说手稿,转向通俗小说创作。1940年,他的第一部黑色悬疑小说《黑衣新娘》问世,顿时引起轰动,他由此被称为"20世纪的爱伦·坡"和"犯罪文学界的卡夫卡"。紧接着,他又以自己的本名和笔名陆续出版了17部国际畅销书,其中的《黑色帷帘》《黑色罪证》《黑夜天使》《黑色恐惧之路》《黑色幽会》同《黑衣新娘》一道,构成了著名的"黑色六部曲"。其余的《幻影女郎》《黎明死亡线》《华尔兹终曲》《我嫁给了一个死人》,等等,也承继了同样的黑色悬疑风格,颇受好评。与此同时,他也在《黑色面具》等十几家通俗杂志刊发了大量的中、短篇黑色悬疑小说。这些小说同样受欢迎,被反复结集出版。然而，巨额稿费收入并没有给他带来精神愉悦。他依旧"像一只倒扣在玻璃瓶中的可怜小昆虫"，徒劳挣扎，郁郁寡欢。自50年代起，因酗酒过度，加之母亲逝世的沉重打击，康奈尔·伍里奇的健康急剧恶化，他的一条腿因感染未及时医治而被截除。1968年，康奈尔·伍里奇在孤独中逝世，死前倾其所有财产，以母亲名义为母校哥伦比亚大学设立了一项教育基金。

康奈尔·伍里奇的黑色悬疑小说引起了众多作家的模仿。最先获得成功的是吉姆·汤普森(Jim Thompson, 1906—1977)。他的《我心中的杀手》等小说以破案解谜为线索，表现罪犯的犯罪心理，从多个层面反映小人物的重压。稍后，霍勒斯·麦考伊(Horace McCoy, 1897—1955)和戴维·古迪斯(David Goodis, 1917—1967)又以一系列具有类似特征的作品赢得了人们的瞩目。20世纪50年代至60年代，黑色悬疑小说层出不穷，代表作家有查尔斯·威廉姆斯(Charles Williams, 1909—1975)、哈里·惠廷顿(Harry Whittington, 1915—1989)，等等。同康奈尔·伍里奇和吉姆·汤普森一样，这些作家注重塑造处在社会底层、具有人性弱点或生理缺陷的反英雄，但各自有着独特的创作手法和成就。

康奈尔·伍里奇的黑色悬疑小说还引发了战后西方黑色电影浪潮。自1937年起，依据康奈尔·伍里奇的长、中、短篇黑色悬疑小说改编的电影即频频出现在美国各大影院，并进一步成为好莱坞电影制作的主要来源，尤其是1954年，阿尔弗雷德·希区柯克(Alfred Hitchcock, 1899—1980)执导的电影《后窗》赢得了爱伦·坡奖,将这种改编推向了高潮。据不完全统计,20世纪40年代至60年代,共有35部康奈尔·伍里奇的作品被改编成电影,其数目远远超过达希尔·哈米特(Dashiell Hammett, 1894—1961)和雷蒙德·钱德勒(Raymond Chandler, 1888—1959)。不久,这股康奈尔·伍里奇作品改编热又延伸到了南美、德国、意大利、土耳其、日本、印度,尤其是《黑衣新娘》和《华尔兹终曲》,在法国持续引起轰动。80年代和90年代,康奈尔·伍里奇作品又被西方各大媒体争先恐后改编成电视连续剧、广播剧。与此同时,新一波电影改编热又悄然兴起。直至2001年,美国著名影视剧作家迈克尔·克里斯托弗(Michael Cristofer, 1954—)还将《华尔兹终曲》改编成了电影《原罪》,广受好评。2012年,《后窗》又被改编成百老汇音乐剧。2015年至2019年,作为好莱坞经典保留剧目,电影《后窗》再次在美国各大影院上映,引起轰动。

这套丛书汇集了康奈尔·伍里奇的18部黑色悬疑小说,包括16部长篇和2部中短篇,是迄今国内译介康奈尔·伍里奇的品种最齐全、内容最丰富的一个系列。这些小说既有爱伦·坡和卡夫卡的印记,又有硬汉派侦探小说的风格,但最大特色是制造了紧张的恐怖悬念。作品大多数以美国经济萧条时期的大都市为背景,着力表现人性的阴暗面和人生的残忍、污秽、挫败以及虚无。譬如《黑衣新娘》,描述一个神秘女子伪装成不同的身份和外表对多个男性疯狂复仇，起因是多年前那些人枪杀了她的丈夫，从那时起，她就誓言血债血偿，其手段之残忍，令人咋舌。而《黑色幽会》则描述一个男子的未婚妻被五名男子的空中抛物致死，其心灵被疯狂滋长的复仇欲望所扭曲，并渐至迷失本性。在难以言状的病态心理驱使下，他将这五名男子最心爱的女人一个个杀死。与此同时，他也成为可悲的社会牺牲品。

同这类以罪犯为男女主角的小说相映衬的是另一类以受到陷害、孤立无援的无辜者为男女主角的作品。《黑色帷帘》和《幻影女郎》堪称这方面的代表作。在《黑色帷帘》中，男主角脑部遭受重击丧失记忆力，过去的生活片段如梦魇般在内心煎熬。他渐渐回忆起自己曾被人陷害，是一起谋杀案的疑犯。而要洗清嫌疑，他必须恢复记忆。伴随着支离破碎的回忆，他极度害怕自己就是真凶。无独有偶，《幻影女郎》中的男主角与妻子吵架负气出门，在与陌生女郎约会之后，发现妻子被杀，自己则被控告行凶，判处死刑。本可以证明他清白的神秘女郎，却仿佛人间蒸发一般，而那晚所有见过他的人，都不记得他曾与女郎在一起。随着行刑日期接近，所有寻找女郎的努力都以失败告终。即便他本人也开始怀疑，是否真有这样一位女郎存在。

为了增加作品的悬疑，特别是中、短篇小说中的悬疑，康奈尔·伍里奇也会仿效一些传统侦探小说的写法，描述一些出人意料的谋杀奇案。如《死亡预演》描写身穿宫廷裙服的女演员突然被烧死，警方必须弄清楚罪犯（伴舞者中的一个）如何在一大群伴舞者中放火杀人。而《自动售货机谋杀案》要解决的则是罪犯如何利用自动售货机毒杀三明治购买者。除了一些常见的布局手法，暗示超自然力量的存在也是康奈尔·伍里奇解释某些罪案发生的方法之一。《眼镜蛇之吻》述说一个离奇的印第安妇女能将毒蛇的毒液转移至其他物品。《疯狂灰色调》描述一个坚持要解读出"乌顿"（一种巫术）秘密的乐师。《向我轻语死亡》则以一个先知谶语来展开叙述。面对通灵师预言女孩的叔叔将在两天后被雄狮咬死，警察该如何阻止这场事先张扬且没有罪犯的命案？被预言逼得精神失常的叔叔又该如何保护自己？所有人是否能在死亡期限之前揭开阴谋面纱？诸如此类的谜底，将在"康奈尔·伍里奇黑色悬疑小说系列"中一一找到答案。

黄禄善

Contents

第一部 布利斯
神秘女子 /2
布利斯 /7
布利斯案的事后剖析 /28

第二部 米切尔
神秘女子 /36
米切尔 /45
米切尔案的事后剖析 /58

第三部 莫兰
神秘女子/70
莫兰/74
莫兰案的事后剖析/103

第四部 弗格森
神秘女子/138
弗格森/143
弗格森案的事后剖析/169

第五部 福尔摩斯，最后一个
神秘女子/188
福尔摩斯/194

倒叙：拐角处的小箱子/221
尼克·基利恩案的事后剖析/226

第一部 布利斯

多么寂静的夜啊——多么清澈而明亮!
我什么也没听见,也没什么听得见我。

——埃德加·爱伦·坡

神秘女子

"朱丽叶,我的朱丽叶。"一个女人的声音从四段楼梯井下传来。这声音,是人类双唇发出来的最温柔的私语、最强烈的请求。这声音,没有让女人蹒跚,也没让她停下脚步。不过,她走到楼梯口时,脸色已经发白,仅此而已。

街口,一个站在手提箱旁边的女子转过身,用简直不敢相信的眼神看着她走到自己身边,仿佛在问她从哪里找到勇气一路赶来。女人仿佛看透了她的心思,回答了那个没有说出来的问题。"我和他们一样,不忍心跟你告别。只不过,我已经习惯了,但他们没有。我已经在许多个漫长的黑夜中锻炼了自己,而他们只经历了一次。我已经经历过上千次的离别。"接着,她语气没有丝毫改变,继续说道:"我最好是打个车,那边有一辆。"出租车开过来的时候,女子用怀疑的眼神看着女人。

"好的,如果你想的话,就送我一程吧。师傅,去中央车站。"她们离开时,她没有回头看房屋和街道,没有凝望窗外那许多熟悉的街道,那些街道代表着她的城市,代表着她一直生长的地方。

前面还有人在排队,她们只得在售票窗口等待。女子无助地站在旁边。"你准备上哪儿去?"

"即使到现在这刻,我也不知道。到目前为止,我还没想过这个问题。"她打开手提包,拿出一小卷现钞,里面有两叠,数量不等。她把那叠数量少的拿在手里,走向售票窗口,把钱推进去,"用这些钱买硬座车厢,可以坐到哪里?"

"芝加哥,还要找你九毛钱。"

"那就给我一张单程票。"她转身对站在身边的女人说,"现在,你可以回去了,至少可以把这些告诉他们。"

"朱丽叶,如果你不想,我就不跟他们说。"

"没关系。如果你要从人们的记忆中消失,无论在哪里,性质都一样,没什么差别。"她们在候车室里坐了一会儿。不久,她们就下楼来到站台上,在车厢门口站了一会儿。

"我们吻别吧,就像以前儿时的朋友告别那样。"她们的嘴唇碰了一下,"好了。"

"朱丽叶,我能对你说点什么呢?"

"就说再见吧。在这一生中,还有什么可以对别人说的呢?"

"朱丽叶,我只希望还有一天我们能再相见。"

"你再也不会见到我了。"

火车站的站台向后掠去。列车迅速钻进长长的隧道,很快又驶入日光下,爬上与高楼并肩的高架桥。横穿的街道一条条掠过,仿佛篱笆墙上的一个个缺口。"二十五号街到了。"列车员无精打采地走进车厢叫道。那个永远逃离了的女子紧紧抓住她的手提箱,站起来,沿着走廊往前走,仿佛这是旅途的结束,而不是开始。

列车缓缓驶进站台,她严阵以待地站在车厢门口,下了车,沿着站台朝出口走去,下楼来到出站大厅。她在出站大厅的报亭里买了一份报纸,在一张长椅上坐了下来,朝后翻看报纸,找到分类广告栏。她把报纸叠成一个比较方便阅读的宽度,用一根手指在"带家具的房屋"栏目中寻找信息。

手指几乎是随意停下来的,并没有过多考虑它停下来那个地方提供的细节。她用手指甲划了划柔软的报纸,在那里做了一个标记。她将报纸夹在腋窝下,再次拎起她的手提箱,走出大厅,来到一辆出租车旁。"麻烦带我去这个地方,这里。"她说着,把报纸给司机看。

房东太太在那个带家具的房间里,在打开的房门旁边,往后站了站,等待她最后的决定。女子转了一圈,"确实,这个房间布置得很好。我现在付给您头两周的租金。"

房东太太数了数钞票，开始写收据。"请问，您叫什么名字？"她抬起头来问。

女子双眼掠过自己手提箱上的"J．B．"两个字母，曾经刻在两把锁中间的镀金首字母签名，如今仍隐约可见。"约瑟芬·贝莉。"

"贝莉小姐，这是您的收据。我希望您会住得舒服。卫生间就在客厅那边两个门过去，在你的——"

"谢谢！谢谢！我会自己找的。"她关上门，把门反锁上。她脱下帽子和大衣，打开手提箱——里面是为一段只有五十个街区远——抑或是一生——的旅途而匆忙收拾的行李。

洗脸池上方钉着一个有点生锈的铁皮小药箱，她走过去，打开小箱子，踮起脚来仿佛想要找什么。在最上面的架子上，正如她隐约希望的那样，有一把生锈的剃须刀，可能是某位早被遗忘的男房客留下来的。

她拿着剃须刀回到手提箱旁边，用刀子在箱子盖上那两个首字母周围刻下一个小小的椭圆形状，撕下纸板上面的那层，将字母撕掉。接着，她翻看箱子里面所有的东西，找到曾经代表她的那两个字母，将它们从内衣、晚礼服、衬衫等物件上剪掉。

她把前生抹掉后，将剃须刀扔进了垃圾桶，小心翼翼地擦拭她的手指尖。她在手提箱盖子的口袋里找到一个男人的照片。她把照片拿出来，放在眼前久久凝视着。照片上只是一个年轻人，没什么特别之处，不是特别的帅气，跟其他普通人一样，一双眼睛，一张嘴，一个鼻子。她盯着照片看了很久，然后在手包里找到一盒火柴，她把照片拿到洗脸池上方，划亮一根火柴，点燃照片的一个角落。她一直拿着照片，直到它燃尽，手里什么也不剩。"再见。"她低语道。

她打开水龙头，把洗脸池冲干净，又回到手提箱旁边。盖子下面的口袋里现在仅剩下一张小纸片，上面用铅笔写着一个名字。女子花了一段时间才拿到那张纸条，她继续寻找，又拿出四个类似的纸条。她把所有纸条都拿出来，没有立即烧掉。起先，她把它们拿在手里把玩，仿佛无所事事，毫无兴趣。她把所有纸片都放在梳妆台上，没有字的那面朝上。接着，她的手指尖旋转起来，漫无目的地转动那些小纸片。她拿起一张纸片，快速地看了一下反面。然后，她再次把所有纸片聚在一起，像刚才那样把它们在洗脸池上都烧掉了。

之后，她缓缓地来到窗户旁边，站在那里向外眺望，一只手撑在窗台的边沿上，紧紧地握住它。她似乎更加喜欢外面那个可见的世界，仿佛有什么事即将来临，即将要在那个世界发生。

布利斯

出租车在布利斯住的公寓楼入口处突然停下来,让他在座位上打了个小趔趄。他胃里的酒精震动着晃了一圈,倒不是他喝得太多,只是因为他刚刚才喝完。他从车上下来,车门框碰歪了他的礼帽。他把帽子戴好,笨手笨脚地摸索着零钱,把一个硬币掉在了人行道上。他并没有喝得酩酊大醉,他从不会喝成那样。他清楚别人对他说的一切,也知道自己说的一切,他觉得恰到好处,喝得不少也不多。再就是,那时候他总会想起玛吉——仿佛在这个想念中他得到了点什么。喝完酒之后,你不会想要打消那样一个念想。

布利斯付钱给出租车司机时,当夜班的门卫查理来到他身后。

就他的接待仪式而言，查理今天有点迟到了，因为他出来之前，正躺在门厅的长沙发上，看小报上一篇赞扬体育的文章，正想要把最后一段看完呢。不过，毕竟已经凌晨两点半了，更何况人无完人。布利斯转过身说："瞧，查理！"

查理回道："早上好，布利斯先生。"说着为布利斯打开了进口的门，布利斯走进公寓楼。查理跟着他走进来，他的值勤任务或多或少令人满意地完成了。查理打了个哈欠，布利斯并没看见查理这么做，但仿佛被他传染了，也打了个哈欠——这是一个可能让精神疗法师感兴趣的事实。

走廊一侧的墙上镶了一面镜子，布利斯向前走着，用一副回来时常用的表情看着镜子里的自己。通常他会有两种表情——一种是"小伙子——我感觉很棒,我觉得今晚要发生点什么"的表情，那是出去时的表情。另一种就是"天呐，我感觉很糟糕；真开心可以上床睡觉了"的表情。那是回来时的表情。

布利斯看见一个留着一头沙色短发的27岁男子也正盯着他看。他的头发剪得太短了，两鬓似乎都看得出来银发了。一双棕色的眼睛，消瘦的身材，身高恰到好处，不会显得过于高瘦。这是一个非常了解他——布利斯——的人。长得并不英俊，可是，话说回来了，谁曾在乎他是否英俊呢？就连玛吉·埃利奥特都不介意他是不是长得帅。就像她曾经说过那样，"只要你和肯一样帅就行了。"他叹了口气，用拇指指甲弹掉了粘在他西服翻领扣眼上一朵弄脏了的白花，花朵立即变成碎片掉下来。

布利斯拿出一包皱巴巴的香烟，给自己抽出一根，又朝右上角的洞里扫视了一眼。他看见还剩下一根烟，便给了查理。"没有人比我更爱你了。"他说。查理接过烟，大概认为之后不可能再会有人回来了。

查理身材高大，肚腹圆滚。他不太擅长把支撑门口华盖的铜柱擦得发亮，但总是把铜柱中间和上面擦得像珠宝一样光亮。他能扛起比他重两倍的醉汉。自从布利斯搬进这座公寓楼，查理就一直是晚上的门卫。布利斯喜欢他，查理也喜欢布利斯。布利斯在圣诞节那天给过查理两块钱，后来又给过他两块，一年期间给过四块钱。但是，那不是主要原因，查理就是纯粹地喜欢他。

布利斯把他俩的香烟点着，然后转身，一脚深一脚浅地走向升降电梯。查理说："噢，我差点忘了，布利斯先生，今晚有一个年轻女士来这里找过您。"

"是吗？她留下什么名字没？"布利斯冷淡地回道。肯定不是玛吉，所以到底是谁对他真的无所谓。他停下脚步，微微转过脸，等待着对方的答案。

"没有，"查理说，"我没法说服她留下姓名。我问了她两三次，但是——"他耸了耸肩膀，"她似乎不想留下姓名。"

"无所谓，"布利斯说。确实无所谓。

"她好像很想上楼，在公寓里等您。"查理又说了一句。

"噢，别，千万别那样，"布利斯立刻说，"那样的日子已经过去了。"

"我知道。我也不会那么做的，布利斯先生，您不用担心——"查理语气非常诚恳地说。接着，他又谨慎地摇了摇头，补充道："不过，她一定是很想上去。"

查理说话的样子让布利斯好奇："啥意思？"他迈上一级台阶的脚停下来，又回到下一级台阶上，他的脑袋和肩膀都转过来对着查理。

"噢，她当时和我一起站在这里，稍微靠边一点儿，靠镜子那边，当我打了您公寓的电话没人接的时候，她问我：'呃，我可以上楼去等吗？'

"我说：'噢，我不知道，小姐。我不能让——'你知道，我试图打消她上楼的念头。可是呢，她马上打开这个包，就是她手里抓的一个晚宴手包。她假装在包里找东西，像是在找她的口红。就在她所有物品的上面，一张百元大钞正盯着我呢。你现在可能不相信我说的，布利斯先生，但我真的是亲眼所见……"

布利斯咯咯笑起来，带着温和的嘲弄："所以你觉得，她想用那张钞票买通你，让她上楼，对吗？算了吧，查理……"他嘲讽似的抖了抖胳膊肘。

查理双眼瞪圆，满脸痛苦，没什么能打消他那股认真劲儿："我知道她确实是想那么干的，布利斯先生。她那样做，您也不会否认的。她将手包敞开，用手指在钞票的下面翻来翻去，这样她就不会碰到它。那张钞票是平平地放在包里的，知道吗，在所有东西的上面。而且她还不时地看看钞票，看看我，而且是看着我的眼睛——甚至把包伸出来一些。不是正好冲着我，您知道吗，但就是把包伸过来一些，就是想让我明白她的意思。听我说，我干这行已经很久了，这种事情见多了，所以我能判断出来。"

布利斯若有所思地用拇指指甲边缘刮着嘴角，仿佛想要看看那张票子还在不在："你确定那不是一张十块的，查理？"

"布利斯先生，我亲眼看见票面角落里的两个'0'！"查理愤愤不平地坚持道，假嗓子都喊出来了。

布利斯担心地咬紧嘴唇，抿住嘴："糟了，我完了！"最后，他转过身正对着查理，似乎打算要谈论这件事，直到他满意为止。

查理仿佛也认为他们俩有必要再谈谈这事。他说："您别担心，布利斯先生。"这时，传来另一辆出租车到达的声音，他走出去，站在门口履行他的职责，紧接着一对穿着晚礼服的男女走进来，他们肯定在八点半就已经装扮得很整洁了。此刻，所有的生硬都离他们远去。他们走过的时候朝布利斯微微点头示意，布利斯也朝他们微微点了点头，带着大都市邻里之间那种可怕的冷漠。那对男女走进电梯，上楼去了。

电梯面板上的玻璃舷窗一变黑，查理和布利斯就立即继续他们刚才中断的话题。"噢，她长什么样？你以前见过没？那些经常来找我的人里面,你大多数都挺熟悉的。"

"是的,我确实熟悉。"查理承认,"不过,我对她没印象。我肯定,以前从没见过她。布利斯先生,我能告诉你的就是,她是个美女。她是一个美女!"

"好吧,她是个美女,"布利斯附和道,"可是她到底长什么样?"

"嗯,她是一个皮肤白皙、金发碧眼的女人。"查理挥舞着双手说,仿佛住在他内心的一个艺术家粉墨登场了。他简略地——推测——了她那华丽的头发,"不过,那种真正的金发,您知道那种真正的金发吗?不是这种假的,洗染出来的,特意做出来的那种银色。是那种真正的金发。"

"真正的金发。"布利斯耐心地重复道。

"而且——而且是碧眼;您知道吗,那双眼睛总是洋溢着笑容,即便它们没有笑容的时候也是如此。她大概这么高——她的下巴正好到我袖子上第二颗臂章这里。你看。而且——嗯——不胖,但也不瘦;正好一抱——"

查理描述的时候,布利斯的眼睛正盯着休息厅天花板的远处。"不是,"他不停地说,"不是,"仿佛自己在一个个回忆,"我觉得最接近的就是海伦·雷蒙德,可是——"

"不是,我记得雷蒙德小姐,"查理语气肯定地说,"不是她,我为她叫过很多次出租车。"接着他说,"不管怎样,您知道我为什么相当肯定您不认识她吗?因为她本人并不认识您。"

"什么？"布利斯说，"那她究竟为何要来打听我，而且还想去我的住处？"

查理还在他俩形成的圆圈外围一周。"她一点都不认识您，"他刻意强调地重复了一句，"我们上楼的时候，我发现的——"

"噢，所以你当时准备让她上楼去。肯定是那一百块的作用了。"

查理极不赞成地清了清喉咙，意识到自己有点失态："不是，不是，布利斯先生，"他激动地澄清道，"你很了解我的。我不是那种人。不过，我确实带她上过电梯，正打算带她上楼。我当时觉得那可能是摆脱她最好的方式，假装我要带她上楼找您，但是就在那最后一刻——"

"是的，我知道。"布利斯冷淡地说。

"呃，我们一起乘电梯到了四楼。在路上，我记起去年在咱们楼里发生的抢劫事件，你知道的，我觉得最好不要怀有侥幸心理。所以我开始用一个假的您来迷惑她，用正好跟您本人相反的描述来试探她，我说，'他一头红发，是吗？个子挺高的，差不多有六英尺高了，对吗？我是新来的，这幢楼里面的业主很多，我要确定不要搞错了。'她完全信以为真。'是的，当然，'她大声地说，'就是他。'仿佛迫不及待地要掩饰她是第一次听说您的长相。"

"喔，我将是个——"布利斯说。他继续说他可能是什么样的。

"所以，当然了，我觉得已经够了，"查理信誓旦旦地说，"她的话了结了这件事。听见她那样说时，我告诉自己，'不行，不能在我当班时发生什么事,你不可以!'不过,我什么也没对她说,因为——呃,她穿得特别华丽,到那种程度,让人没法采取强硬手段。所以,我故意用一把别的钥匙来开你的门,门打不开,我就假装没有其他钥匙,没法让她进去。我们又下楼了,而她也只是耸了耸肩,仿佛表示她当时进不去,但没关系,她迟早会进去的。她笑了笑说,'那就改天吧'。说完她就走到外面去了,就像她来的时候那个样子,步行。她那副打扮也很好笑。我一直看着她走到街角,都没见她打车或做别的,她只是一直往前走,仿佛是在早晨那样,最后她拐弯,消失了。那个叫奥康纳的警察朝咱们这边走来的时候,正好碰上她,我甚至看见他转身回头看了她一眼。她的确是一个美人。"

"就好像夜晚路过的一艘船,"布利斯评价道,"不过,有一点很肯定,这好像是一个托词。如果我不认识她——从你描述的来看,我确实不认识——她也不认识我,那这是什么事?她他妈的到底在找什么?难道她把我跟其他人搞混了?"

"不会,她知道您的姓氏,甚至还知道您的名字。她进来的时候,找的是'肯·布利斯先生'。"

"而且你说,她也没有开车过来?"

"没有,不知道从哪儿她就那么走出来了,然后又像她来的时候那样走了。这是我见过的最可笑的事情。"

他们俩带着凌晨两点半时那种特有的惺惺相惜,又就此事坦率地谈论了一小会儿。"噢,住在这么个大都市里,你总能时不时碰到许多像那样可笑的事情。您肯定也是。我知道,布利斯先生,干我们这一行的,这种事情我见得多了。疯子们觉得他们认识你,觉得他们爱你,觉得你为他们做了什么——那些脑子有毛病的人到处乱窜,真让人惊讶——"

"这么说,我现在可能被某个神经病给盯上了。这真是一个令人振奋的想法,带着它上床睡觉感觉不错。"布利斯一脸苦笑。

他转过身,按了电梯面板。在电梯门快要关闭的那刻,他朝查理投去嘲弄、不安的笑容,随后便露齿而笑:"看来,现在这年代,年轻人自己居住不安全了。我想,我得赶紧成个家,找点保护!"不过,他刚刚想到的结婚对象不是别人,正是玛乔丽。

科里八点半就在他门口了,他还完全没准备好呢,今晚就是玛乔丽的订婚宴。"你他妈这么早就来了,"布利斯说,假装满脸的不高兴,一种只会给关系密切的朋友看到的表情,"我刚从一个饭局回来,胡子还没刮呢。"

"我四点半给你办公室打电话,你他妈死哪儿去了?"科里也同样无礼地朝布利斯喊回去。他进了屋,一屁股坐在一张最好的椅子上,一条腿搭在椅子把手上。他把帽子扔到窗台上,没瞄准,帽子落在窗台下面的一个矮书架上。

科里虽然不修边幅,但他不是那种长相难看的小伙子。他个子比布利斯高,更瘦一点儿——或者可能只是看起来瘦点儿,因为他个子高——棕黑色的头发,浓黑的眉毛。他努力想成为绅士一样的城市男人,不过只是停留在外表而已。不难看出,他的外表下其实很粗糙,时不时就会露馅,透过它你就能瞥见一片丛林。伪装也罢,反正他努力地虚饰着。不管哪个宴会,他都在场,挡在门口,手持玻璃杯。不管你向哪个姑娘提起他,她都认识他,或者有朋友认识他。他的技巧就是正面袭击,像闪电一样袭击。这一技巧在这些最不可能的区域却获得了成功。如果人们了解真相的话,会发现城里几个最傲慢,最难攀附的人都被他搞定了。

他开始搓着双手,脸上露出一丝坏笑。"哈,你今晚死定了!今晚你得刻骨铭心了!有没有完蛋了的感觉?你肯定是这样觉得!你脸都发白了——"

"你以为我像你一样啊?"

科里竖起一根大拇指指着自己的胸膛说:"你应该向我学习!我这个人,可没谁能用一个正式的承诺就把我牵住了!"

"如果你勤洗澡,说不定会有更多姑娘看上你。"布利斯用蔑视的口吻嘟囔道。

"然后在黑灯瞎火的时候,让她们找不着我?那太不公平了。话说回来,今天下午你在哪儿?我本来想跟你一起吃饭的。"

"我出去找人修汽车头灯去了。你本来打算去哪儿——"布利斯说着打开一个衣服抽屉,拿出一个立方体盒子,打开盖子,"你觉得这玩意儿怎么样？"

科里把它从绒布里拿出来，一脸羡慕地放在眼前仔细打量，"我说，这是一块钻石！"

"应该是，它可是花了我大价钱。"布利斯把它扔回抽屉，装出一种令人羡慕的冷淡，开始解开他睡衣的带子，"我进去冲个澡。你自己喝一杯，威士忌在哪儿你知道。"

大约二十分钟不到的样子，布利斯穿戴整齐又进来了。

"那女人是谁？"科里从报纸下面抬起头，慵懒地问道。

"哪个女人？"

"你洗澡的时候电话铃响了，一个姑娘找你。从她说话的方式，我能判断出来，那不是你以前认识的姑娘。'请问肯尼思·布利斯先生住那里吗？'我告诉她你正忙着，问她我能不能帮她。对方没说一句话，就把电话挂了。"

"怪了。"

科里旋转着酒杯："可能是某个社会女记者，想来你订婚宴上找点素材。"

"不会，她们通常会缠住女方不放。不管怎么说，玛乔丽的人都已经给那些白痴发布了消息。我猜想会不会是她？"他沉思了片刻说道。

"她是谁？"

布利斯咧嘴笑了："我还没告诉你呢，不过我想可能有人暗恋我。不久前发生了一件有趣的事。一天晚上，我出去了，一个漂亮的姑娘使出浑身解数想进这个公寓来。后来，门卫告诉我的。那个姑娘不肯说出她的名字，什么信息也不肯说。我过去交往的大部分人门卫都认识，你知道的，门卫们工作一段时间后都能做到这点，而且他非常肯定，他以前从没见过她。她穿着晚礼服，打扮得非常漂亮，在他看来，就像是那种乘坐四轮马车的上层人士。但是，她却没有乘车到门口，这是最奇怪的一部分。穿成那样，却不知从街上何处走过来的。

"门卫告诉我，那姑娘打开包，假装在找口红还是什么，然后故意让他看见一张百元钞票躺在其他东西上面。她表现出来的样子让门卫非常肯定地认为，如果他用万能钥匙帮她打开我的门，那张票子就是他的了。"

"你的意思是，一个门卫会那么轻易地放过赚一百元的机会？他在骗你。"科里怀疑地说。

"我不知道他是不是在骗人。这个金额本身很诱人，至少对我来说是这样，但这事儿听起来不像是假的。如果他只是在捏造事实，他更有可能说十块、二十块的金额。"

"噢，那他当时做了什么——让她进来了？"

"从他说话的方式，我能判断那一百块差点就进了他的口袋；门卫已经带她上楼了，准备让她进来。不过，他当时觉得，在带她进我屋里之前，最好先试探一下她，看她是不是真认识我。所以他陪她上来的时候，故意把我的特征反过来描述了一番，那姑娘竟然中招了，说是的。门卫就是通过这个证明，她以前从没见过我。当然，那就完了。他害怕事后被人利用，所以假装他没钥匙还是什么的，巧妙地把她打发走了。她穿戴得太高贵了，他不敢对她有什么下贱的行为。她看没法进我的门，只是笑了笑，耸耸肩，就沿着街道漫步走了。"

这一次，科里饶有兴趣地斜着身子聆听着。"根据门卫的描述，你也肯定以前从没见过她吗？"

"绝对肯定。我刚刚也告诉你了，她也不认识我。"

"我很想知道，她在找什么？"

"她不是来这里打扫房间的，这很肯定，因为她愿意付一百元，只是为了能进来；而在这个地方，谁能拿出一百元面值的钞票，谁就是个魔法师。"科里赞同地点点头，同意这个明智的分析。

布利斯站起来："我们走吧，"他略带紧张地微笑着，"我喜欢婚姻相关的一切，除了为它而准备的聚会——比如今晚的宴会。"

"我最喜欢的部分，"科里说，"是不让它最先发生。"

他们走出房间来到走廊上等电梯，这时一阵微弱的、抱怨似的电话铃声从闭门的房间某处一声接一声地传出来。布利斯竖起耳朵凭经验听着。"G楼的钥匙。那是我的电话。我最好进屋接一下，可能是玛吉。"

他回到门口，从口袋里笨拙地摸索着钥匙，一不小心把钥匙掉在地上,他蹲下来捡起钥匙。科里伸出一只脚,挡住电梯厢等他。"快点,不然有人要先上电梯了,"他催促着布利斯。

布利斯一把推开门,那微弱的铃声已经变成了全音调的嚎叫声,接着电话铃声又倔强地突然停止了,而且再没响起。布利斯走出房门,重重地把门关上。"太迟了,没接到。"

乘电梯下楼时,科里暗示道:"莫非又是那个神秘女子打来的?"

"要真是她,不管她什么目的,肯定是不怀好意。"布利斯咕哝着说。

布利斯避开派对里其他人,带着玛吉来到房间的小角落,他假装紧张地挠了挠后脑勺:"我们现在来看看,该怎么把这事儿给办了?我看过很多电影,本应该知道怎么办。唉,咱们就来老一套闭眼游戏吧,那最安全。你闭上眼睛,伸出手指。"

玛吉立即朝他伸出了大拇指。布利斯把她的手指拍开。"不是这个,求求你了,我紧张得都快——"

"噢,伸错手指了?你应该说得具体一点儿。我怎么知道,你是想咬一口还是想干什么?"

接着,布利斯拿出了求婚戒指。两个人的脑袋凑到了一块儿,低头看着戒指。他们用双手做了一个爱心结。他俩发出了一些毫无意义的咕噜咕噜声和其他的声音,也许对他们而言,那是一种语言。突然，他俩都意识到有一双眼睛正死死地盯着他们，他们不约而同朝门口转过头去，看见一个姑娘正站在那里，纹丝不动，仿佛扎根在地上一般。

她穿着一袭黑色的褶皱晚礼服，光滑白皙的双肩从礼服中露出来，线条优美。一层薄薄的、闪烁着黑玉的头纱盖在她的金发上，那头发黄得令人难以置信，仿佛打过一层玉米粉一般。她嘴角泛起一丝同情——或许是嘲笑——的表情，还没等他们确认，那表情就已经消失了。"对不起。"她平和地说着，走开了。

"好漂亮的姑娘！"玛乔丽不由自主地赞叹道，仿佛被催眠了般一直盯着空空的门口。

"她是谁？"

"我不认识。我想我记得她好像跟弗雷德·斯特林来过他的派对，但是不记得当时有没有人介绍过她，好像没有。"

布利斯和玛乔丽又低头看着他们的戒指。但是魔咒被打破了，他们的情绪也跑了，而且他们好像找不回刚才的气氛了。屋里好像没有之前那么暖和了，仿佛门口那位姑娘的一瞥冷冻了屋里的空气。玛乔丽打了一个冷战，说："走吧，我们回到其他人那儿吧。"

派对已经接近尾声，他们正在跳舞，他和她。那些小碎步快速转身和假装出来的半步只是一个掩盖他们私下交谈的借口。他说："唉，以后咱们租下84号街上的公寓。如果他真的承诺每个月给咱们便宜五块钱，配上他们要给咱们的家具，我们可以把房子拾掇得像个样子——"

她说："那位穿黑衣服的姑娘，眼睛一直没离开过你。每次我看她那边都发现她死劲地盯着你。如果不是今晚而是其他晚上，我可能要开始担心了。"

他转过头去："她没有看着我啊。"

"她刚才一直看着你，直到我让你注意她。"

"她到底是谁？"

玛乔丽耸了耸肩。"我想她是和弗雷德·斯特林他们那伙人一起来的。你知道的，他总是到哪儿都带着一帮人。可是，他离开好像已经有一段时间了，可是我看她却一直在这里。也许她决定一个人留下来再待会儿。不管她是谁，我挺喜欢她的打扮。全身闪耀的地方没有一件便宜货。我一直在观察她，一整个晚上，她也是麻烦不断，可怜的姑娘。每次她想一个人溜到阳台上去，总会有三四个男人误以为是个诱惑，紧跟着她。接着，没多久她又会进来，一般都是从边门进来，仍然是一个人。我不知道她是怎么迅速把那些男人甩掉的，但是她这方面肯定有一手。接着，那些男人也偷偷摸摸地紧跟着进来，一个接一个。脸上带着那副被人捉弄后傻傻的表情。真是一个定期的余兴表演。"

她用手轻轻地碰了碰他的西服翻领，给他暗示。他们转到半圈的时候停下来了。"又有些朋友要走了，我得去送送他们。亲爱的，我很快就回来。我走了，想我哦！"

他孤零零地站着,看着她离开,好似一根被突然降下旗子的旗杆。当那件浅蓝色的礼服迅速消失在另一个房间时,他转过身,从另外一条路出去,来到阳台上呼吸新鲜空气。他感到衣领下汗涔涔的,不管怎样,跳舞总是让他感到温暖。

城市的灯光在他的脚下飞驰而去,仿佛是一个轮子发亮的轮辐。一道模糊的轮廓,像珍珠般的月光从天空洒落,好像是宇宙的滑稽演员呕吐出来的一块炽热的木薯。他点燃一根香烟,沉浸在刚才的舞姿中意犹未尽,等着她归来。他感觉不错,看着楼下那个曾经差点征服他的城市。"我现在安稳了,"他想,"我年轻。我已经得到了爱。我的前途光明,一切都在掌握中。"

阳台占据了整个公寓的前面。在阳台的另一端,转角处可以到达顶楼的侧面,而且那里月光无法照到。那个角落一片黑暗。那个地方也没有落地窗,只有一扇不常用的边门,那扇结实的门挡住了光线。他绕过拐角处轻轻地走下去,因为阳台的那端有另一对恋人在,他不想打扰他们。他正好站在阳台两个方向形成的角落里,此刻他可以看见两处的风景。

就在那时,突然间,那个无处不在的黑衣姑娘站在离他一两英尺的地方,朝他站着的方向望去。她肯定是趁人不注意的时候从侧门溜出来的,而且正朝他这个方向走来。她看起来非常古怪,仿佛一尊没有底座的白色大理石雕像,漂浮在空中,因为她的黑色礼服被他俩站立的阴暗处的夜色淹没了。

"夜色真美,对吗?"他先打破沉默。毕竟,他们俩一起参加了同一个派对。她却似乎不想谈论夜色,或许她并不觉得美。

就在这刻,科里尾随而来,一副被迷得神魂颠倒的样子。显然,他已经注意她有一段时间了,只是机会之轮现在才转到他这里。即使布利斯在场,他也没有打消半点念头。"你进屋去,"他专横地命令道,"别那么贪婪,你已经订婚了。"

那位姑娘迅速打断科里说:"你想成为一个可爱的人吗?"

"当然,我想让人爱上我。"

"那么,去给我端一杯叮当响的高杯酒来吧。"

"这个他比我在行。"科里指了下布利斯。

"你端来的,味道更好。"一句简单的赞美,却奏效了。

科里端了一杯酒回来。她从他手里接过酒杯,两根手指拿着杯沿,缓慢地倾斜杯子,饮尽杯子里所有的酒,然后表情严肃地把杯子放回科里手里:"再进屋去拿一杯给我吧。"

科里立刻会意。这么明显的意思,很难不被理解。他文雅的、花花公子的光环被立即粉碎,前文提及的来自危险地带的偷窥从裂缝中传来。也不是旅行见闻中的那种危险地带。一道白光划过他的脸庞,像是一种毫无血色的褶皱久久停留在他嘴角周围。他走进来,在理性的沉默中,伸出双手去掐她的脖子。

"谁?啊——放开。"布利斯迅速移动,在科里的双手碰到她之前阻止了他,将他的双手拨到一边。等他放下双手时,科里已经完全控制住了。他把双手放进口袋,也许是想确保它们在口袋里待着。肢体上的动作被控制后,口头上的憎恨随之而来。

"他妈的,想把我当猴耍——!"他转过身,大步从刚来的地方走回去。布利斯转身跟着他。毕竟,她与他何干呢?

她突然伸出一只手,一把将他拉到自己身边:"别走,我有话对你说。"她一见目的达到了,就松开了手。他等在那里,听着。

"你不认识我,对吗?"

"我整个晚上都想着弄清楚你是谁。"实际上,他没有这么做,与在场的男人们相比,他是关注她最少的一个。这么说只是献殷勤,仅此而已。

"你以前见过我一次,但是你不记得了。可是我记得你,你当时和四个人坐在一辆车上……"

"我和四个人坐在车上有很多次了,太多次了,我真的记不清……"

"那辆车的车牌号是D3827。"

"我的破脑子记不住数字。"

"那辆车现在放在布朗克斯外大街的一个车库里,而且之后再没人用过。是不是很奇怪?它肯定还在那里生锈——"

"我什么也不记得了,"他困惑地说,"可是,话说回来,你到底是谁?你有些令人兴奋的东西——"

"太兴奋会短路的。"她走开了一两步,仿佛对他失去了兴趣,跟她刚刚产生兴趣一样令人莫名其妙。她掀开盖在头上的黑玉闪亮的头纱，将它在前面展开成一条直线，张开双手，让微风吹过。

突然，她发出一声尖叫。头纱不见了。她的双手还在丈量头纱的长度。在黑暗中看不见的一根天线上，从她站立处的斜对面延伸下来，被一个陶瓷绝缘小按钮固定在走廊下面的墙上。她快速地看了他一眼，脸上一副半是嘲弄的表情。接着，她弯下腰，朝下面看。"在那儿，就在那儿！掉在那个白色的小圆东西上了——"她伸出一只胳膊，朝下面探去。一会儿工夫后，她站直身子，脸上带着沮丧的微笑："就差一寸，我的手指就够上了。也许你运气更好，或许你胳膊可以伸远一些。"

他站在围墙上，踮起脚蹲下来。他一只手抓住围墙内侧，防止他探出的身子滑倒。他转过头背对着她，去找那个头纱。她站在他的身后，往前走一步了，两只手掌伸出来，好像是假装诚恳的拒绝。接着，她的两只手掌迅速弹回去。这细微的冲力迫使她发出嘶嘶的喘息声，那声音仿佛是在解释，又像是在诅咒，同时也像是在补偿。

"尼克·基利恩太太！"他肯定听见了这个称呼。这个称呼肯定在他暗下去的头脑中闪过一刹那，就在他消失的刹那。

走廊上空无一人，只有她和黑夜。阳台拐角处的窗户里传来收音机播放的伦巴舞曲和欢笑声。其中有一个声音比其他声音都大，叫道："坚持，你马上就要够到了！"

没过多久，玛乔丽走过来跟她搭讪："我在找我未婚夫——"她带着一种骄傲的占有语气强调了"未婚夫"三个字，说话时，她还无意识地卖弄似的摸了摸手上的戒指。"你在哪里看到过他吗？"

黑衣姑娘礼貌地笑了笑。"他刚才在，我最后见到他的时候他在。"说完，她沿着那个长房间继续走，脚步匆匆却不慌张。她路过的时候又吸引了好几个男人的目光。前门口衣帽间的侍女和管家已经不当值了，只是在有人叫他们的时候才会过来。前门被人不起眼地关上了，没有惊动侍女和管家。就在这时，与楼下入口连接的室内电话铃响起来。电话响了一会儿，没人接。

玛乔丽从阳台上回到屋里，对身边的人说道："奇怪了，他好像没在阳台那里。"电话一直没人接，玛乔丽的母亲最后不得不亲自过去接听。突然，她在入口附近发出一声悲惨的尖叫。只发出一声尖叫。派对戛然而止。

布利斯案的事后剖析

卢·万格推开车门走下出租车,挤过聚起来看热闹的一小群默不作声的民众。"什么事?"他问巡警,并从马甲口袋里掏出一个东西出示给巡警。

"跳楼死了。"巡警几乎是垂直地指着,"从那儿到这儿。"

不知谁摊开早报,从头到脚把尸体盖住了,沿着地面形成了一个坟堆。一个角落里,醒目地露出一只漆皮晚宴牛皮鞋。"我估计他们在楼上狂欢。可能喝多了,靠着阳台栏杆,身体失去了平衡。"为了让卢·万格看清楚,巡警拉开报纸的一角。

看热闹的人群中有一人因为站得很近,看到巡警这么做,转过头,用手捂住鼻子,立即走出人群。"喔,你觉得呢?是谋杀吗?"巡警反对似的追问道。

卢·万格蹲下身来,开始捏揉坟堆右上角露出的一只握着的、僵硬了的拳头。最后,他拿出来一块好像凝固了的黑色烟雾团。

"女人的手帕。"巡警说。

"围巾,"卢·万格纠正道,"这个东西作为手帕太大。"他又看了看被掩盖起来的尸体。

"我见过他,"大楼晚上值班的门卫说,"我记得,今天晚上他们是在楼上埃利奥特家宣布这人与他们家女儿订婚的。就在那个顶楼公寓里——"

"哦,那我最好到上面去看看,"卢·万格叹了一口气,"只是例行公事,可能最多也就需要 10-15 分钟的时间。"

黎明时分,他还在盘问那群凌乱的、筋疲力尽的客人:"所以,你的意思是,这里没有任何一个人知道那个姑娘的名字,也没有人在今晚以前见过她?"所有人都没精打采地一直摇头。

"难道就没有人问过她的名字吗?你们到底都是些什么人啊?"

"我们大家可能都有问过一两次,"一个神情沮丧的男人说,"但是她不肯说。每次都是支支吾吾就搪塞过去了。"

"好吧,这么说她完全是个不速之客。现在,我想弄清楚的是为什么,她的动机是什么。"玛乔丽的母亲此刻已经回到屋里了,卢·万格转身问她。"怎么样？家里贵重东西有没有丢失，公寓里有什么东西被偷了吗？"

"没有，"她啜泣道，"什么东西都没被动过，我刚刚都检查过了。"

"这么说，此人闯进来不是为了偷盗。根据你们说的情况来看，她似乎一整个晚上都在避开你们，打消你们所有年轻人对她起的念头。一发现可以和布利斯单独相处的机会就立即把他挑出来。可是，据你所说，"他转向科里，"从他自己公寓门卫的描述来说，他似乎不认识她。而且在这里他最后见到她的表现，看起来也好像她完全是个陌生人。如果假设这两人是同一个姑娘，那便是如此。

"目前为止，这里能做的也就只有这些了。对你们给我的对她的描述，还有谁想补充吗？"

没有人补充。许多人已经见过她了，描述本身已经很详尽了。客人们排着队一个接一个悲伤地离开，他们把自己的姓名和地址留给卢·万格以便后续传讯。这时，科里突然来到卢·万格面前。他一身酒气，但又异常清醒。"我是他最好的朋友，"他沙哑着嗓子说，"你怎么看这件事？你认为这是怎么回事？"

"哦，我来告诉你，"卢·万格正准备离开时回答他说，"并不是说因为你比其他任何人值得信任；没有任何东西可以证明那不是一个意外——但是有一个地方，也就是，她在事后立即离开这里的事实，她没有像你们其他人那样留下来听音乐。另一个非常有关联的行为就是,当她在走廊里遇见埃利奥特小姐时,后者问她是不是见到他,她平静地回答说他在那里,而没有大声尖叫说他掉下去了,一般正常的人会这么做。当然,也总是有一种可能性就是,他是在她已经离开后掉下去的。可是,有一点可以反驳这点,就是他掉下去的时候拿着她的头纱。这让事情看起来非常像是事故发生的时候,她正是和他在一起。但是,也有可能她已经丢了头纱,或者甚至是让他帮她拿着,然后她自己进屋了。

"你看,现在两种情况是一半一半;你拿出来证明一种可能性的证据正好完美地与你拿出来证明另一种可能性的证据吻合。在我看来,最后将这个天平倾斜到这头或那头的就是她最终的行为。如果她一听到我们在找她的话,就能在一两天内站出来澄清自己,那么有很大可能这就是一个意外;如果她想一味地逃脱这个恶名,知道她没有权利来到这里。如果她一直躲下去,我们就得去通缉她。我想,我们可以说是谋杀,应该不会错。"

他把那个笔供和记下来的其他数据都放在口袋里,说道:"别担心,我们一定有办法找到她的。"

但是,他们没有。

十五天后,晚会饰品部,邦维特·特勒百货公司:

"是的,这是我们十二美元的晚宴头巾。能买到这个头巾的地方只有这里,这是我们的一个专卖品。"

"好的,那现在把你们所有销售人员都叫过来。我想看看有没有人记得把这个卖给过一个女人,她的外貌是这样的——"

在所有的营业员集合起来,他重复说了三次之后,一个胆小如鼠的矮个子眼镜男站出来说,"我——我记得卖过一条黑色的给一个漂亮的姑娘,长相跟你描述得一样,大约一两个星期之前。"

"好!查找一下那张销售单。我要发货地址。"

十五分钟后:"那位顾客现金支付后自己提走的,没留下姓名和地址。"

"你们卖这些东西都是这样做的吗?"

"不是,它们是奢侈品,通常都是送货。但是这一单是顾客有特殊要求,我记得,她当时要求立刻拿走。"

万格探长(压着嗓子):"隐藏她的行踪。"

三周后,万格探长给他上司的汇报:

"……自那以后就再无此女踪迹。没有任何线索能证明她是谁,从哪儿来,往哪儿去。也没有线索证明她为什么那么做——如果真是她干的。我已经彻底调查了布利斯的过去,甚至连他亲过的第一个女孩都查过了,但此女没有在任何地方出现过。布利斯公寓的门卫和他的朋友科里的证词,似乎都表明他不认识这个女人。不管她到底是谁,可是,她在派对上故意支开其他人,用计让布利斯单独留在阳台上。所以说,也不太可能是认错人。

"总而言之,唯一能表明这起案件不是意外的是这位神秘女子的怪异行为,以及她之后的离奇失踪,拒绝出来收拾残局。但是,除此之外，也没有足够证据可以证明这是一起谋杀案。"

万格对肯·布利斯的记录：

5月20日，凌晨4:30，从17层楼顶上摔下致死。最后一次被人看见时，与一位女子在一起，女子年龄约26岁，皮肤姣好，黄头发，蓝眼睛，5.5英尺高，身份不详。通缉审问。

动机：不确定是否为谋杀，但，如果是谋杀，也许是出于情杀或嫉妒。无记录可表明二者之间有关系。

目击证人：无。

物证：黑色晚宴用头纱，5月19日在邦维特·特勒百货公司购买。

案件未结。

第二部 米切尔

他出发了;他听见一只小鹿的脚步声,却看见一只黑豹正觊觎前行。

——莫泊桑

神秘女子

米里亚姆——她的姓氏在海伦娜酒店这个圈子里早已被人遗忘——是一个性格好斗、肤色黝黑的矮个子女人。她有三样东西是拼命坚持的：她的英国公民身份——这个身份是因为她碰巧出生在牙买加岛上而自然获得的；一对金币耳环和她清洁客房的"体系"。从没有人试图去干涉她前两样东西，有些人试图干涉她后面的那样东西，最后都以彻底的失败告终。

这与数值级数毫无关系，与阴暗、老旧多层的走廊位置也无关。事实上，那是一种神秘的代数，只有她自己的内心深处才清楚这种大脑的工作方式。没人能搅乱它——即便搅乱也是会受到惩罚的。

她的"体系"一旦被搅乱,将会引发长期、恶意的喋喋不休,就像迷宫般、没有止境的走廊尽头;那唠叨还会——或者似乎会——在好几个小时之后还将继续,直至事情最初的起因消失或被挫败。

"17号房完了就打扫14号房,得先等我打扫完17号再说。我可从没有先打扫过14号。"这种优先次序与小费也毫无关系,不过给小费这种事情在海伦娜酒店几乎不存在。"习惯,"也许这是对于米里亚姆纯粹的情感状态做出的一个最接近的猜测。

"米里亚姆体系"之轮终于在当天某个时间点滚到了"19号房"。米里亚姆一手提着铁皮桶,另一手拿着笤帚,沿着特别破烂的长廊朝后面走去;笤帚的扫把上依稀可见一小束残留下来的纤维绒毛。她在"19号房"门口停下来,倒转她的钥匙,敲了两次房间的木门。这只不过是一种形式,因为如果她发现"19号"在房间里,干扰了她干活的"体系",她一定会勃然大怒。不过,这个点儿"19号"从不会在房间里。这一刻,"19号"没有权利待在房间里。

由于酒店管理条例的严格要求,敲钥匙也只不过是一种形式,一种条件反射。如果不敲钥匙,她就再也不能进客房的门。即使是一天工作结束后回到自己有家具的房间里,她也必然会先敲门再插钥匙去开门。她勇敢地打开房门,走进一个狭小且异常令人讨厌的房间。地毯的样式已经被磨得看不出来了。一种灰绿色的霉菌此刻正盖在地板上。一堵洗白了的砖头做的炉墙挡住了窗外几英尺远的路人的视线。阳光从窗户的某个角落照进来,足以打破房间的黑暗。如果仅仅为了保持清洁的幻觉，若没有照射进来阳光，这个房间看起来可能会更好些，因为那扇墙上落了大量的尘土颗粒，仿佛抹了一层赛德利茨粉一般。

床头的墙上贴着一排女子的照片，照片尺寸大小不一，都裱了玻璃框。对于这些照片，米里亚姆根本不屑抬眼看一下。大部分照片都已经有好几年了。她觉得，"19号"现在交往的那个女生的照片肯定不会挂到墙上去。因为她拍不起照片，而他也没钱去裱玻璃框。再说，墙上也没空间挂了。他现在年龄太大了，也不可能再去开发新的一面墙。即便他没有那么老，他也不该再那么做了。

在阳光的照射下，尘埃微粒疯狂地转着圈儿，那张床迫使米里亚姆把房门关上，但没有完全关死。她这样做的时候没有半点鬼鬼祟祟的神态，相反却有一种受到伤害般的蔑视。她甚至把这种蔑视大声地表达出来，让人强烈地感受到。"总是藏起来！总是藏起来！他觉得谁会把它拿走吗？他觉得谁会要这张破床呢？"

她用手背把嘴唇擦擦干——或许是给自己一种激励。她打开橱柜门，蹲下来，在柜子底的一个角落里拨开一堆脏衬衫，拿起一瓶杜松子酒，好像有人从洞里拎出一只兔子般。看到这瓶酒，她没有表示出不满意，只是一种道德上的愤慨。"他觉得，除了我之外还有谁会进到这里呢？他知道除了我之外，没人会来这里！他竟然这样怀疑别人！"

她扬起瓶子，又把它放下。接着她拿着瓶子走出来，来到洗脸池，打开冷水龙头，用长期实践形成的熟练动作把瓶盖打开，把瓶嘴放在水龙头下面，然后移开，灌的水正好让瓶子里的液体恢复到原来的高度，不多不少。看起来，这事并不难，因为在毛玻璃的四个角中，两个角上有用铅笔画上的、明显可见的刻度标记。在瓶子刻度的帮助下，她用嘴巴纠正了让她一直内疚的一点点误差。到目前为止，她一直充满着几乎被迫害了的感觉。"老吝啬鬼！可笑的老东西！"她带着一种安替列群岛的激情怒目而视，伴随着那对金币耳环发出的轻微叮当声。"我最讨厌别人不信任我！"

她把酒瓶放回原处，关上柜子门，将房门打开，恢复到先前的宽度，然后开始她的第二个任务，那就是沿着墙壁的踢脚线将那些随意散落在地上的绒毛往里塞，就好像人们站在河流正中的岩石上用长矛叉鲑鱼那样。正当她忙于干这个动机不明的活儿时，发现有人正盯着她看。她转过头，见一个女子正站在走廊上，透过打开的门看着她。米里亚姆看了一眼就知道她不住在这个酒店，为此她立即得到了米里亚姆的信任。对于那些取得她信任的人，她会非常尊重并且友善，但是对那些她不信任的人，她就会不尊重并且刻薄。这是一个总原则。

"有事吗，女士？"她饶有兴趣热心地问道。"您找米切尔先生吗？"

那女子非常友好，语气温柔。"不是，"她微笑着说，"我刚好过来看一个朋友，她这会儿不在。我正准备乘电梯下楼去呢，但是我恐怕有点迷路了——"

米里亚姆一手扶着拖把杆，活像一个正在休息的威尼斯小船船夫，并且希望这位女子不会立即走开。那女子并没有走。她朝着门口走了一小步，但是仍站在房间外面。她给人一种印象：对米里亚姆和她的对话表现出极大的兴趣。米里亚姆表现出一种明显的洋洋自得，站在地狱般的太阳井里，靠着拖把杆狂喜地扭动着身子。

"你知道吗，"那女子用一种令人着迷的女人之间才有的亲密方式吐露自己的心声，"我总觉得，只要看一个人住的房间就能看透一个人。"

"没错，确实如此，你说得太对了。"米里亚姆由衷地赞同道。

"就拿这个房间来说吧——你正好在这里清洁，而我呢，恰巧路过这个房间。我现在对住在这里的人一无所知——"

"米切尔先生？"米里亚姆提示道，此时她几乎像是已经被催眠了般投入。她的下巴枕在拖把把手的小圆头上。

那女子用手做了一个淡漠的姿势。"不管他是米切尔还是什么其他名字——我不认识他，也从没见过他。不过，让我来告诉你这个房间的布局告诉我的——如果我说错了，请你纠正。"

米里亚姆带着期待的喜悦扭动着双肩。"说吧。"她呼吸急促地鼓励道。这几乎就跟一个算命先生要免费帮你看手相一般刺激。

"他不是一个很整洁的人。那条领带缠在灯具上……"

"他是一个懒汉，"米里亚姆恶毒地确认道。

"他也不是很富裕。不过，当然这个酒店本身也能告诉我这点，这里不是很贵……"

"八年来，他一直都晚付一个半月的房租！"米里亚姆阴着脸透露道。

那女子顿了顿——不像是那种要占你便宜的样子，而是要在说话之前仔细斟酌。"他不工作，"她最后说道，"垃圾桶上有一份今日报纸的旧版本，我从这里都能看见。显然，他大概是在中午才起床，然后在出门之前先看一会儿报纸……"

米里亚姆着迷地点了点头，目光无法离开眼前这位充满智慧、学识和优雅的女子。就算有人将拖把从她下巴下拿走，她也可能浑然不知，会保持那个半倾斜的姿势不变。"他没什么像样的工作，每月靠一种什么所谓的津贴生活。我不知道具体是什么。"她虔敬地摇了摇头，"天呐！你猜得真准！"

"他很孤独，没什么朋友。"她的眼睛落在墙壁上，"墙上挂的那些照片，都是孤独的标记，并不是受欢迎的表示。如果他有许多朋友，就没必要去挂那些照片了。"

米里亚姆以前从来没有这样去思考过这些照片。事实上，即使那些照片对她而言终究意味着点什么——到现在许多年过去了，它们也什么都不是了——就它们自己而言，它们代表着某种肮脏的思想、对他各种丑行的洋洋得意。最初，当她看见这些照片时，甚至有一两次大声地说出来过："肮脏的老东西！"

"即使他真的跟这些姑娘都很熟悉，"那女子接着说道，"而事实上他可能跟她们并不熟悉——他每次也只能认识一个，而不是一下子都认识了。照片里有的姑娘留着二战后的蓬蓬头，有的是二十世纪早期的那种日本娃娃波波头；还有近几年前流行的披肩直发……"

米里亚姆转过头，上上下下把身后墙上的照片打量了一番，此时拖把把手的圆顶只撑在她的一只耳朵上。她甚至用拖把杆的圆头来回在头上抓了抓。

"事实上，他从未找到那个他想要的女孩；如果他找到了的话，就不会有这么多照片挂在墙上了。就算他曾经真的找到了，也肯定不是挂在墙上的某个，可是她们……"她若有所思地敲了敲她下排的一颗牙齿，"把所有这些照片上的女孩糅合在一起，成为一个混合的照片，她们会告诉你，他一直在寻找什么样的女孩。"

"天呐！"米里亚姆吃惊地感叹，显然她一直都不知道米切尔先生曾经一直在寻找什么。或者说，至少，不是在寻找那种你可以和一个有修养的同伴谈论的东西。

"他一直在寻找神秘的女子，一种幻觉。他在找那种这个世界上任何地方都找不到的女孩。除了在他的想象中外，这种女孩绝不存在，是一种冷漠地飘浮在凡人世界上空的无根受造物，与这个世界没有接触点，像是一个宫女，一个荷兰舞女。"

"谁?"米里亚姆警觉地,转过头问。

"只要看看墙上那女人就知道了。她们当中没有一个是她们真实的样子——或者是她们原来的样子。要么是软焦点集中在薄纱上;要么是光圈在摄影雾中,从蕾丝扇里窥视;要么咬着一支玫瑰,从镜子里倒看相机……"她微微地笑着,并非满怀恶意地说:"一个男人与他的梦中情人们。"

"我猜测,他从没得到过一个他真正喜欢的女人。"米里亚姆说。

"这倒说不准,"站在走廊上的女子笑着说,"这倒说不准。"

接着,她抛给米里亚姆一个妩媚的、嘲弄般的小借口,问道:"现在,你说实话,我猜对的多,还是错的多?"

"你全部都是对的!"米里亚姆坚决地拥护她。

"你看?这就是我刚才的意思。这就是在向你展示,一个空房间可以告诉你的内容。"

"真是这样的!确实如此。"

"好了,我不能再耽误你工作了……"她摆了摆手做出了一个亲密的告别动作,脸上带着特别热情的笑容离开,继续赶路。

看着空空的走廊,米里亚姆遗憾地叹了口气。她把拖把靠着墙放好,走到入口处,站在门口,目送着那位女子到走廊的拐角处。走廊里又空空的了。她又叹了口气,比之前更加郁闷。多么愉快的一场谈话啊!多么有教育性,又令人开心的一次交谈!真可惜这么快就结束了,难道就不能再说一会儿吗?比如说,就说到她多清洁一个房间!

　　升降电梯的门缓缓地关上了,消失在拐角处,那位女子也一去不返了。米里亚姆不情愿地回到房间,继续干她没有干完的活儿。"她真温柔,"米里亚姆怀念地咕哝道,"我猜她肯定再也不会回来了。"

米切尔

  米切尔腋下夹着报纸,像往常一样走进下榻酒店的破旧大堂里,在前台停下来看看是否有他的信件。前台职员用特别的眼神看了他一眼,那种眼神是专门留给那些每次都要晚一个半月才交房费的房客。他收到三封信件。

  第一封是他那位在餐馆打工的女朋友麦贝儿写的留言条;第二封弄错了,是上面小房间里的信件;第三封信既不是通知也不是账单,他一眼就能看出来。信封上的收件地址是打印出来的,而且上面没有写邮寄地址;为此,他没有立即拆开。他在一英里之外就能够嗅出来账单和广告传单。

他上楼，关上房门，朝房间四周打量了一番。他在这里已经住了12年。在这12年里，这个房间都已经染上了他的个性特征。房间的几面墙上都挂着女孩子们的相片，形成了一个整齐的艺术长廊。这并不是因为他是个享乐者，相反他是一个浪漫主义者。他一直在寻找他的梦中情人。他曾经希望她是迷人的，神秘的。他寻找着面具、扇子以及秘密的幽会地点等等这类东西。可是，他最后交往的都是蔡尔思饭店的女服务员或者赫恩斯商场的女售货员。很快，就会太晚，再也找不到那个梦中的"她"了；很快，这也将不重要了。他挂起大衣，第三封信在他大衣的侧面口袋里露出一道白色的痕迹。他从橱子后面地板上一堆脏衣服中拿出那瓶杜松子酒。他以为，酒瓶放在那里打扫卫生的黑姑娘找不到。他让自己每晚只喝两个指头的高度，每瓶分配好，这样一瓶酒能维持两周。他直接把酒倒进嘴巴里，嘴唇连碰都没碰玻璃杯。

　　此刻又是黑夜。没有惊喜，没有什么迷人的事情会发生在他身上，只有廉价——廉价的旅馆房间，穿着衬衣的清贫男子，廉价的杜松子酒，廉价的懊悔。他想，也许他现在也可以打电话给麦贝儿，与他一起度过这个廉价的夜晚。他知道，最终他总能打发这无聊的时光。要不叫麦贝儿来，要不什么也不做。可是，他知道她会说什么话，会穿什么衣服来，还有她会想什么。啤酒和肝泥香肠。

　　他拿起电话，拨通了她房东的电话。接着，他总是要等着她的房东太太在楼下大声喊她从四楼下来接听。他经常给麦贝儿打电话，所以他非常清楚要等多长时间。他放下电话，走到大衣旁边去取香烟。他看见大衣侧口袋里那第三封没有打开的信封。他抽出信封打开。一张深红色的门票掉了出来。除此之外，信封里再没有其他东西。"埃尔金剧场。A-1包厢。仅限周二晚场使用……"那就是今晚。门票的一角标着"3.3美元"。它不可能是真的，肯定是一种假票子。他拿着票子翻来覆去地看，但是票子上没有任何不合算的东西，也没有额外要支付的费用。它货真价实。谁给他寄这样一个东西？

电话正发出刺耳的金属声音，他回去接听。"她很快就下来了。"麦贝儿的房东太太说着，电话里传来笨重的、踢踏作响的脚步声。麦贝儿每次下楼总是不把鞋子穿好。

"对不起，我打错了。"他语气坚定地说着把电话挂断了。

他开始做准备。在他梳头时，电话铃响了，是麦贝儿。"米奇，刚才是你打来的电话吗？"

"不是。"他冷酷地扯谎道。

"噢，那我今晚要去看你吗？"

"天呐，不用了，"他虚伪地发牢骚道，"我有点伤风了，已经上床躺着了。"

"哦，那要不要我过来陪你一晚？"

"不，不要你陪，"他赶紧说，"万一我传染给你，你就会失去一个星期的薪水。"说完,他立即挂断了,没让她继续用那些讨厌的、善意的话来让他苦恼。

他几乎肯定地认为,到埃尔金剧场门口时,检票员会拒绝让他进去。没想到,检票员接了那张票,甚至还用一种与众不同的态度领着他,因为那是一个包厢座位。它确实可用,这已经不用进一步怀疑了。可是,这到底是谁送给他的票呢?等他进包厢的时候,那个人会不会已经在那里了?如果不止一个人,他怎么能知道到底是哪个人送的呢?

然而,当引座员把他带到包厢时,里面一个人也没有,他感觉自己心里有点失望。每个包厢里都放有四把椅子,包厢之间用墙壁隔开,后面是剧场的楼厅。这里比整个剧场任何地方都更加隐秘,甚至比包房还隐秘。

他一个人坐在里面,周围三把椅子都空着,他感到有点古怪,不时环顾四周,看是否有人进来。他甚至还有点期待引座员会来拍拍他的肩膀,告诉他弄错了,请他离开,楼下有别人在售票处兑票。可是,根本没有那样的事发生。所有其他包厢都逐渐坐满了客人,但没有人靠近中间这个包厢——它是所有包厢里面最上等的位置。随着前奏曲响起,剧场的灯光熄灭,蓝色昏暗的幕光映射在观众的脸上。包厢里三个空椅子还是没有人来坐,仿佛它们一早就被搬进来,目的就是要确保它们不会被人占用。

戏剧开始了,随着它的魅力和虚构的世界逐渐在他面前展开,他渐渐忘记了把他带到这里来的奇怪境况，完全沉浸在这个神秘的咒语中。接着，突然之间，不知道在第一幕戏演到什么地方的时候，她在他毫不知情的情况下进来了，坐在了他的身边。甚至都没有引座员手电筒的灯光或衣裙的沙沙作响给他提示；或者，即使有，他也没有注意到。

再没有人来认领他们后面的另外两把椅子了。除了第一幕的上半场之外，他就再也没有看演出了，因为自那刻起，他的视线就无法从她身上移开。她太美了，天呐，她实在太美了！她一头红发，长着一张演员般的脸庞。她围着一条黑色天鹅绒围巾，围巾里侧的颜色更浅些。她好像一个——一个从贝壳里长出来的仙女般从围巾的褶皱里升起。他根本不敢跟她说话，可是她突然转身看着他，嘴里叼着一根香烟，等着有人给她点燃。"你介意吗？"她问道，带着一点外地人的口音，"我相信，这些包厢里是允许抽烟的吧？"

就这样，他们的交往开始了。

在她还没到来之前，他已经将一切准备好了。直到此刻，他仍然不敢相信，她说的是真的，她真的要来这里看他。如果不是她自己提议，他是连做梦也不敢说的——他已经告诉她怎么可以避开那个爱打听的大堂，从房子后面的旁门楼梯进入他的房间，那个楼梯只有像他这样的老住客才知道。然而，即使他说了这些，她还是巧妙而敏捷地传递了一点：进入他的房间并不是要与他发生奸情。当然不是,你不可能会跟你的偶像发生奸情,因为你崇拜她。

他往后退了一步,第十次检查了他的住处。他把那些女孩的照片都从墙上摘掉了,但是因为照片挂在墙上太久了,所以给墙上留下了许多黄斑点。既然他现在终于拥有真正的梦中情人,还要那些伪造品干吗呢?他拿起一块屏风,把它挡在床周围。他不能再给房间做别的布置了,它仍然还是那个8美元一周的简陋小房间。他紧张地搓着双手。他又照了照镜子,看看他戴的新领带合不合适。

电话铃响起,他为了快点接到电话,差点被绊倒了。难道她不来了吗?她改变主意了吗?接着,他失望地倒下,一副疲倦而痛苦的样子。结果,来电话的是麦贝儿。"米奇,你的流感怎么样了?我整天都在担心你。看,我从餐馆里顺手拿了点鸡汤,就作为我们今晚的特别晚餐吧,我用个盒子把它带过来。像你这样生病卧床,这汤是最好不过的东西了……"

他极端痛苦地扭曲着。上帝,为什么要挑在今晚!"我以为,你周二晚上要值晚班的。"他毫无教养地咆哮道。

"我和另外一个姑娘换班了,所以可以过去照顾你。"

"不用,你改天来吧,我今晚不能见你……"

她开始在电话另一端啜泣:"好吧!你会后悔的!"

这时,期待已久的优雅的敲门声响起,他无情地挂断了电话。他打开了门,女神走进来,就像他曾经一直梦想的那样,有朝一日,在某个地方会出现的女神。她裹着在剧场戴的那条天鹅绒围巾。

他不知道说什么,也不知道做什么;他以前从未与一个梦中情人待在一起过。"你觉得那些楼梯还好吗?我……本来我应该到楼下去,在角落里迎接你的。"他打开收音机,但是播放的正好是一场体育比赛转播,所以他又立即关掉了。

她从围巾褶皱下拿出一瓶东西,那动作如果是麦贝儿做出来的话会有种说不出来的粗鄙,可她却能把这个动作做得优雅迷人。"这是给我们的,"她说,"亚力酒,我特意买的,为庆祝咱们的夜晚。"酒瓶还没打开,锡纸还封着瓶口,他必须用开瓶器打开软木塞。

这是一款烈性酒,但是它能让你透过玫瑰色的玻璃杯看世界。喝下这酒,他的舌头也不打结了。这酒让他得以夸夸其谈,想到什么说什么:"你就像我的梦中情人,简直好像是从我的脑海中走出来的一样。"

"真正聪明的女人,在什么样的男人面前,就成为什么样的女人,就好像变色龙一样,她让自己变成他希望的样子。她的工作就是弄清楚男人希望她成为什么样子。墙上的那些照片,它们那么明显地告诉大家你想从女人身上寻得的东西……"

他睁大眼睛看着她,手里的杯子差点掉下来:"你怎么知道墙上挂过照片?难道你以前来过这儿?"

她抿了一小口酒,轻声地咳了一下。"没有,"她说,"不过,从墙上那些污点很容易看出来,那里曾经挂过照片。任何那样做的人都是浪漫的，他们将女人浪漫化。"

"噢，"他说着，重新端起酒杯。他的知觉已经有点迟钝了。他太高兴了，所以不会那么挑剔，"真有趣……"

"什么有趣？"

"光待在这儿就很有趣，你把这个肮脏的房间变成了一个温暖而迷人的地方。你带走了二十年的时光，让我觉得——就好像我过去感觉的那样，放假的时候，戴着一顶头盔沿着林荫大道散步，我肯定，在每一个角落我都会找到……"

"找到什么？"

"我不知道，奇妙的东西。我以前从未找到，但是不要紧，因为总会有另一个角落。重要的是那种感觉。那种感觉让你的脚步歌唱。我总是想找回那种感觉，但是自那以后我就再也没能找回来。你一定有魔法。"

"黑魔法还是白魔法？"

他神情茫然地笑了笑，显然没有领会她暗示的意思。

"我现在得走了。"她站起身来，朝梳妆台前面走去，"趁我走之前，咱们再喝一杯。我想瓶子里还够一杯的。"她拿起酒瓶，对着灯光往里看。他们一直把梳妆台当作餐桌。她给两个杯子里倒上酒，然后停下来，任它们在桌上放着，两只杯子距离分得很开。"我得让自己变得漂亮一点儿——因为这将会是你最后一次见到我了。"她回头笑了笑。

一个小的金属粉容器在她手里突然打开。她身子斜靠过梳妆台,照着镜子。她做了几个慌张的动作,与其说是行动,不如说是出于意愿,因为大部分粉都没有拓到她的鼻子上。实际上,她是在鼻子和镜子之间的空气中拓粉呢。他坐在那里,带着一种朦胧的爱意,朝她微笑着。

她的鼻子并没有任何明显地变白——但是也许那就是她拓粉的艺术,这样便看不出来。有一两粒白粉落在了梳妆台的黑色木头桌面上。她弯下腰去,做出要清洁的姿势。她把它们从桌上吹掉,然后端起酒杯回到他身边。

他抬起头用一种几乎像狗一般忠心的眼神看着她。"我不敢相信这一切都真的发生在我身上;不敢相信,你真的就在这里;不敢相信,你这样俯身递给我酒杯;不敢相信,你的呼吸搅动着我的头发;不敢相信,这恰到好处的甜蜜,就像是整个房间里开出的一朵康乃馨,在空中围绕着我……"

他说着想把酒杯放下,而她端着自己的杯子,仿佛要奉陪到底。

"等你一走出这门,我就知道这不是真的。我今晚会梦见你,天一亮我就不再知道哪个是梦,哪个是现实。我现在就已经分不清了。"

"喝吧。"接着他伸手去拿另一个杯子,"不对,那边那个才是你的杯子。你忘记了吗?"她语气异常尖锐地说。

"为什么干杯……?"

"为你即将要做的梦，希望那是一个长久而愉悦的梦。"

他立即拿起自己的杯子："为即将要做的梦干杯。"

当他半醉半醒地又坐下时，她看在心里。"这不是我们第一次见面。"她若有所思地说。

"不是，昨晚在剧院里见过……"

"也不是在那里。你以前见过我一次。在一个教堂的台阶上，你记得吗？"

"在一个教堂的台阶上？"他的脑袋懒洋洋地耷拉着；他努力地直了直身子，"你在那里做什么？"

"结婚。你现在记起来了吗？"

他心不在焉，沉浸在她刚才的话中，喝完了酒杯里剩余的酒。"我当时在婚礼上吗？"

"啊是的，你当时也在婚礼上——确凿无疑。"她突然站起身来，一把打开小型收音机的开关，"这时候应该来点音乐。"一种像机载干扰台侦察器的、恶毒的长号般的声音立即冲进房间。她开始以他为中心转圈，越转越快，越转越快，裙子在她的双膝四周扩展开来。

此刻，没人是甜心，

一切都好像不对劲……

他用手摸了摸额头。"我看不清你……发生什么事了……灯光在跳跃吗？"

这支独舞越跳越快,仿佛一支凯旋的舞蹈。"灯光是平稳的,是你自己在跳跃。"

他的杯子落下来,跌碎在地上。他开始痛苦地扭曲,抓紧自己。"我的胸——好像要被撕碎了。救命,快叫医生……"

"没有医生能及时赶到这里的……"她现在就像一个旋转的陀螺,一幅渐渐从四周墙上褪去的幻影。他昏暗的双眼只能隐约看见一团模糊的光,接着又好像是白色的金属凝固体,渐渐地她似乎永远消失在了黑暗中。

此刻,他躺在地板上,躺在她的脚下,瘫在地上呻吟,口吐泡沫:"……我只想让你开心……"

从远处传来一个嘲弄般的耳语,"你做到了……你做到了……"接着,一切便归为寂静。

她走出房间随手带上门。正要把门关紧时,她愣住了,仿佛一尊雕像般静静地立着。她把门微开着,大概一英寸宽,只要她想,就能够再次进入房间。

她们之间隔着一英尺的距离对视着。麦贝儿金发碧眼,体态丰盈,皮肤黝黑,手里提着一个圆筒,圆筒用一张不太整洁的棕色纸包着。那个戴天鹅绒围巾的女子,向她四周投来一种得意而轻蔑的目光,像一个斗牛士般,小心谨慎地审视着她。麦贝儿噘着她那鲜红而丰满的双唇,先开口说道:"我给米奇带了这个。如果他不想见我,他也不必见;我现在明白了。不过,告诉他……"

"什么？"

"告诉他，我说的，他应该趁热喝。"

戴围巾的女子目光越过肩膀看向门缝，房门缝隙非常小，从外面看不清房间里面。"楼下的人刚才看见你进来了吗？"

"是的，肯定看见了。"

"他们看见你拿着那汤？"

"是的，没错。"

要把她骗进房间会多么容易！刚才，当她听到第一次敲门声的时候，就已经把房间里的屏风移出来，挡在了他尸体的四周，把它藏起来了。在这只愚蠢的小母牛发现他之前，用他刚才喝过的那个酒杯灭她的口真是易如反掌。或者，就让她留在房间，把她卷进来，让她跳进黄河也洗不清。

她转身看着她，房门在她身后紧闭起来。"快！你在这儿待的每一分钟都将对你不利。务必把这个罐子再原封不动地带下楼去。让他们知道你进不了房间——找人陪着你，保护你自己！"她猛地推了一把这位思想迟钝的笨人，那姑娘才不情愿地沿着走廊朝大楼前面走去。在走廊的拐角处，这位美女才恍惚地回过头来问道："可是，怎……怎么了？发生什么事了？"

"你朋友死在里面了，我杀了他。我只是想救你，不让你受牵连，你这个傻瓜。我不想伤害——其他女人。"可是，麦贝儿没等她说完最后几个字就发出一串尖叫声，像钉子刮擦玻璃时发出的声音，然后连滚带爬地消失了。

戴天鹅绒围巾的女子迅速离开,动作干净利索,一点也不像是一个在逃跑的人。她走进另一端带铰链锁的安全门,从没有门卫的后楼梯下楼了。

米切尔案的事后剖析

万格的上司在案件发生快一周后，才让万格接手这个案子。与此同时，一个名叫克利尔利的人一直在负责这个案子，但是毫无头绪。

"万格，你听着，海伦娜酒店出了一起特案。我一直在读这个案子的相关报道，我突然觉得这个案子与布利斯案有几分共性——还记得那个案子吗？大概六个月前或者更早之前？乍一看，它们根本没什么相似之处。毫无疑问，这个案子是彻底的谋杀。但是，让我有这个想法的是这两个案子都有一位女子，似乎在案发后就立即如一缕青烟般消失，我们再也找不到她的踪迹。同时，也完全缺乏明显的作案动机。这两种情况在我们这一行看来是很不正常的。这就是为什么我决定让克利尔利替你调查，给你他的调查结果。你跟他排摸出来的人谈谈。你看，你熟悉布利斯案，他不熟悉。你能做出更准确的判断。如果你发现任何联系，不管多么微弱，都要让我知道，我会让你全权负责这个案子。"

克利尔利说："查了七天，这些是我调查的全部结果。信息是一天多过一天，但都没有任何意义。它就跟一个女变态杀人狂一样不合理，但是我有确凿的证据证明她不是变态杀人狂，等你听完后，你自己也会这样觉得。他死于一杯亚力酒中的少量氰化钾。"

"没错，我从调查报告中看到结论了。"

"这些是目击证人的证词。你之后可以仔细阅读，我现在继续给你说说要旨。首先，我找到一张红色戏票的票根——你知道，就是那种在门口检票后剩下来还给观众的东西——在他的一个口袋内层里。我去查清楚了，事情是这样的：在他死之前的两个晚上，一个很漂亮的红头发女子走进埃尔金剧院的售票处，说是想包下整个包厢。售票员问她想要买哪一晚的，她说无所谓，任何一晚都行。重要的是，她想要确保得到整个包厢。有两个理由足以说明此事非同寻常：对于大多数顾客而言，日期是一个重要的东西。他们一般会挑一个能买到的最好日期。第二，座位的数量她似乎也不在意，三个、四个或五个座位都可以。她想的就是自己包下整个包厢。他给了她现有的最早一个晚上四人位的包厢，正好是她买票的第二个晚上。很自然这事让他印象深刻。

"有两个座位一直空着。剧院的工作人员看见米切尔那晚是独自去的剧院,而且只交了一张票子。那个买票的女人也是一个人去的剧院,但是晚了很多,戏幕开始了很久才进去的。"

"只有一个人能够证明她就是那个买票的女子。"万格提醒他。

"售票员。你拇指下那个就是他的宣誓书。那天晚上他关了他的包厢,恰好站在中层楼梯那里观看演出;她正好路过他身边——独自一个人——而且他一眼就认出了她,没有任何怀疑的可能性。

"现在我们来看整个案件的重要部分。我已经审讯了包厢里的引座员。他告诉我的内容让我相信那对男女完全不认识彼此。出于几个原因,他当天特别注意了那个女人的行为。通常,没几个人不是由引座员引导至包厢的。而且她来得特别晚,所以特别显眼。她特别漂亮,而且独自一个人,引座员觉得很不寻常。

"出于上述几个原因,当那个女人在位子上坐下的时候,他仔细地观察了,即使不完全是有意的。包厢里的两个人,谁都没有转头跟对方打招呼;谁都没有说话,甚至都没点下头。他竖起耳朵听了很长时间,非常肯定他们没有彼此寒暄。他非常肯定,根据他这么多年在戏院引座的工作经验来判断,这两个人完全是陌生人。

"我觉得这点是肯定的。如果他们不是陌生人,米切尔应该会在大厅里等着她——任何一个男人,哪怕再粗鲁,都能做到这点——而不是独自进包厢。

"引座员发现,他们只是在中场休息时,才开始交谈。直到那时,这两个陌生人才开始认识。换句话说,他们俩只是偶然结识的。"

"如果他们是陌生人,那女子是怎么把门票给他的呢?她买了票,结果米切尔拿了其中一张出现了。"

"通过匿名邮件。我在他的一个口袋里也找到了那个信封。那张票是鲜艳的深红色。在信封内侧,可以看见一丝褪下的淡粉色印记;可能有人用出汗的手拿过,可能是邮局的人或者酒店前台的人——或者可能是米切尔自己,让门票的颜色染上了信封。信封在这儿。

"自那次之后,还有人见过她一次。接着,她就彻底消失了。自那以后,我再也找不到关于她的任何线索。谋杀案发生的当晚,没有人见过她进入或离开酒店。可是,这并没有听上去那么令人困惑,因为酒店后面有一个消防楼梯,直接连着一条小巷,不需要路过大堂。小巷的门用一个弹簧锁锁着,从外面打不开,但也很有可能会为让她进来而打开。这些预防措施肯定是她自己的建议,因为她显然是有备而来,要谋杀米切尔。"

"那么,你刚才说,自从戏院那次之后,还有人见过她一次,是谁呢?"

"米切尔固定交往的那个姑娘,一个叫麦贝儿·霍奇斯的服务员。就在尸检报告确定的米切尔死亡时间之后的一会儿,她去了他的房间。当她敲门时,那个女人走了出来。她之前就在里面。"

"那个女人对她说了什么?"

"她承认是她杀了米切尔,并且建议那个姑娘下楼,让她离开,不要被牵连。"

万格怀疑地摸了摸下巴:"你觉得那话可信吗?"

"可信,因为这个姑娘对那个女人的描述,无论外貌还是她穿的衣服,都与戏院工作人员告诉我的一模一样,所以你看,她不可能在编故事,而且从中还能得出一点,就是我之前说的,那个女人绝对不是一个变态的杀人狂,因为在那个时候,那个地方,她完全有机会杀了那个姓霍奇斯的姑娘。她只要让那姑娘进屋——屋里有一个屏风围住尸体。她当时有足够的时间。可是,她竟然为那姑娘考虑,警告她离开。"

"这就是整个案件过程。一方面有充分的人证物证,但是能给所有这些证据一个意义的关键东西没有,也就是说,杀人动机不明确。"

"没有可以想象到的动机,而且他们不认识对方,一旦打击结束,她就像一道闪电般消失得无影无踪。"万格迷惑地总结道,"哦,老大派我到这里来,看我是不是能挖掘出点儿其他线索。我敢肯定一点:这个案子跟布利斯案是串联作案。这个案子就是那个案子的准确复制版。"

海伦娜酒店,四楼,黑人女服务员:

"我以前从未见过她,所以我知道她不住在这个酒店。我当时以为她是来探望朋友的。那天,她正好路过走廊。嗯,大概是出事之前的两周。可能还更早些。那天我在打扫房间,她停下来,透过打开的房门朝里看。我问,'你好,女士,你找米切尔先生吗?'她说,'不是,不过我总是觉得你可以从人们住的房间了解他们的性格特点和生活习惯。'她说话文质彬彬,听她说话让人开心。她看着他在墙上挂的那些女孩子的照片,说:'他喜欢神秘的女人,我从她们的照片上可以判断出来。照片上没有一个姑娘是她们真实的模样。为了讨好他,她们所有人都试图努力让自己看起来像其他人。要么咬着玫瑰,要么躲在蕾丝扇子后面。如果哪个女生给他真实的照片,他可能不会挂起来。'那就是她说的一切。还没等我回过神来,她已经离开了。此后,我再也没有见过她。"

职员,全球酒品专卖店

"是的,我记得卖过这酒。这是一瓶特别的亚力酒,我们每年销售不超过十瓶。不,选这酒不是她自己的主意。当时,我正好看见这瓶酒在货架上,我当时觉得,那是一个出售的好机会,因为她想买一瓶特别的,而且酒劲强的。她说,买来当作礼物送给一个朋友,越特别她的朋友就会越开心。我当时已经给她推荐过伏特加和白兰地。她选择了亚力酒。她承认,她自己从未喝过这种酒。但是,有趣的是,她走出商店的时候,奇怪地冲我笑了笑说,'我发现自己这些天做了许多我以前从未做过的事。'"

"没有,她一点也不紧张。事实上,当她在做决定的时候,她还特意站在一边,让我去招待另一个急着要黑麦酒的顾客。她说,她需要时间好好考虑一下,到底选哪个。"

一周后,万格的上司说:"这么说,你也认为两个案子在某个地方是有联系的,对吗?"

"是的。"

"那么,在哪方面有联系呢?"

"只有这方面:两个案子都牵涉到同一位神秘女子。"

"哦,不,你错了,不可能是同一个人,"他的上司摆摆双手,推翻他的结论。"我承认,上次我跟你谈话的时候,根据这些线索我有一点模糊的想法。但是,伙计,那站不住脚,它根本站不住脚!那天之后,我空下来仔细看了克利尔利获取并送来的关于她的综合描述,并且完全记在了脑海里。立即去取布利斯的卷宗,拿到这里来……现在,让我们看看这两个女人。立即把她们俩并排比较:

布利斯案	米切尔案
金黄色头发	红头发
五尺五英寸	五尺七英寸
面容姣好	面色蜡黄
蓝眼睛	灰蓝色眼睛
26 岁左右	32 岁左右
说话显得文雅而有教养	说话带外地口音

甚至连作案手段都不相似,或者案子的其他方面都不同!一个案子是把一个年轻的经纪人公司职员从楼顶上推下,另一个案子是在一位廉价酒店的住客的酒中投毒。据我所知,这两个男人不仅都不认识害死他们的那两个女人,而且连听都没听过对方的名字。不,万格,我觉得,这是两个完全不同的案子……"

"因同一个女杀手而联系在一起,"万格坚持道,并没有被说服。"虽然这两组相反的描述摆在我面前,但我敢保证,这就像是精心设计的表面矛盾。同样,所有那些外貌特征都不能说明什么。只要把它们分解开,就可以看到它们之间的共同特征是多么容易找到。

"金黄色和红色头发:任何一个合唱团的姑娘都可以告诉你这一差别多么容易消失。五尺五英寸和五尺七英寸:如果一个穿一双相当高的高跟鞋而另一个穿着平跟鞋,那也仍然可能会是同一个女孩。气色好和不好:擦点粉就可以做到了。眼睛颜色的不同也可以利用眼影造成视觉上的错觉。年龄上的差异也是另一个变量,同样取决于外部,例如衣服和举止。剩下还有什么?口音?如果我想,我自己说话也能带点口音。

"有一点要记住,凡是见过这两个女人的人都没有见过另一个。我们分别找到了所有看见过这两个女人的目击证人。但是,没有一个证人同时见过她们俩,所以没有机会进行比较。您说,作案手段也没有相似之处。但是,每一方面都有相似点,只不过作案的方法不同而已,您被它们给误导了。请注意这'两个'涉案的神秘女子。两人都具有在案发后立即消失的、杰出的、几乎是可怕的能力。那简直是天才。两个人都提前追踪了被害者,显然都想了解他们的背景和生活习惯。一个趁布利斯外出的时候,出现在他的公寓;另一个则偶然路过米切尔的房间——也是在他外出的时候。如果那不是作案手段,又是什么?我告诉您,两起案件的凶手就是同一个女人。"

"那么,她的动机是什么呢?"他的上司争辩道。"不是抢劫。米切尔拖欠了一个半月的房租。她包下 3.3 美元一个座位的整间包厢,却浪费两个座位,只是为了在有利的条件下接近他。复仇会是最完美的理由,可是——他不认识她,而她也不认识他。我们不仅没法找到作案动机。就连缺乏动机都解释不通,她也不是一个变态杀人狂。她完全有机会杀掉那个笨蛋霍奇斯女孩——而且那个霍奇斯女孩胖乎乎的、身体结实,头脑简单,对一个天才杀手根本毫无抵抗力。可是她却放过了她,并为了她的缘故提醒她赶紧离开。"

"作案动机肯定是在过去,'回到过去'。"万格执拗地坚持道。

"你已经彻底调查过了布利斯的过去——几乎把它拆成了每一天——可是哪里都找不到证据。"

"我肯定疏忽了什么。这应该怪我,不是怪他。动机肯定在的,只是我还没有发现。"

"我们现在面临一个问题。你有没有发现,即使这两个男人现在还活着,或许他们自己也弄不清她到底是谁,她到底为什么要这样做——因为他们自己也不认识她,似乎以前也从来没有见过她?"

"这是一个令人振奋的想法,"万格闷闷不乐地说,"即使您把它交给我,我也不能向您保证可以破这个案子。我能保证的是,我一定不会放弃侦破它。"

万格对米切尔案的记录(5个月后):

物证:1个信封,信封上的字是用打字机销售店里的样品机打的,无法确认谁打印的。

1个亚力酒瓶,在全球酒品专卖店购买。

1张票根,A-1包厢,埃尔金剧院。

案子未破。

第三部 莫兰

咽下最后一口气,他仿佛从未活过一般。

——赫伯特·斯宾塞

神秘女子

根据他的经验来看，大人们总是问一些很傻的问题。那些问题都是不言而喻的，你自己早都学会把它们视作理所当然了。可是，他们总想知道答案，特别是在你还想做点其他事——尤其一些特别值得的事——比如沿着马路，拍着一个过大的亮色彩球时。现在正抱着他的这位女士就是这样。她俯下身，如此温柔，阻止了他继续玩耍。

"天呐，对一个这么小的孩子来说，这个球太大了。"

唉，谁都看得出来这是一个大球。她为什么要告诉他呢？她为什么还不回她住的地方呢？

"你几岁了?"

她为什么要知道他几岁了呢?"五岁半,快六岁了。"

"让我想想看,这是谁家的小男孩呀?"

她为什么要知道他是谁家的孩子?他不是她的,她应该看一眼就知道啊。"我是我父亲和母亲的。"他自以为高人一等地抿着嘴说。他怎么可能是别人家的呢?

"亲爱的,那你父亲叫什么名字呢?"难道她什么都不知道吗?

她的意思可能是指那个模糊的、正式的,他父亲似乎从未用过的名字——那是个额外的附加物,不是那个逻辑上的"爹地"。"莫兰先生。"他学着大人的样子说道。

她说了一句关于什么"门"的东西:"真萌呀!"她接着又说,"你有没有兄弟姐妹呀?"

"没有。"

"啊,多可惜呀!你想念他们吗?"

你从来都没有过兄弟姐妹,怎么会想念他们呢?但是,他隐约地感受到了自己因从未有过兄弟姐妹,而产生的某种想法。所以他立即想办法用一些可作替代的人物来填补空缺。"不过,我有一个外婆。"

"那太好了,是不是?她跟你们住在一起吗?"

人家从不跟外婆住一起的,难道她不知道吗?"她住在加里森。"另一个人立即来到他的小脑瓜子里,所以他立即爬到她的膝盖上。"我的小姨埃达也住在那里。"难道她不能让他去拍球吗？

"噢，都住在那里！"她惊讶地说道，"你去那里看过她吗？"

"当然了，我小时候去过。但是，比克斯比医生嫌我吵，所以妈咪只好把我带回家了。"

"宝贝，比克斯比医生是你外婆的医生吗？"

"当然了，他经常去看外婆。"

"宝贝，你上学了吗？"

这是多么令人感到羞耻的问题！她到底以为他几岁——两岁吗？"当然。我每天都去幼儿园。"他自命不凡地说。

"宝贝，你们每天在那儿做什么？"

"我们画鸭子和兔子和奶牛。贝克小姐给了我一个金色的星星来画奶牛。"难道她就不能把他放开，让他走吗？他感觉好像已经过了几个小时一样。他本来可以拍着他的球，一路跑到角落，再跑回来，她把他的时间都浪费了。

他试图挪到她的一侧，最后她终于领会了他的意思。"哦，小可爱，去玩吧，我不会留你太久的。"她拍了拍他弹头型的后脑勺，沿着路边朝前走去，回头朝他送去一个迷人的微笑。

他妈妈的声音突然从开着的底层窗户屏后面传来。她肯定一直坐在那里，你可以通过纱窗看见，但你又不能透过它看清里面。他早就发现这点了。"库克，那个漂亮阿姨跟你说了些什么呀？"她温柔地问他。大人总会发现一丝天生的骄傲，她的孩子在每个方面都是卓越的,所以他能引起路边陌生人的注意。

"她想知道我几岁了。"他心不在焉地说。他的注意力转移到一些更重要的事情上去了,"妈妈,你看。你看我可以把这个扔得这么高!"

"是的,宝贝,但是不要扔得太高,小心扔到臭水沟里。"很快,他就已经忘记了这件事。不久之后,他的妈妈也忘记了。

莫兰

　　莫兰出去吃午饭的当儿,他的妻子已经给他打过电话了,她留言说在那儿等他回来。
　　听了她这消息,他并不惊讶,因为这种事情经常发生。几乎平均每三天就会发生一次。他最先想到的可能,就是她发现她想要商区的某些东西,想让他回家的时候带回去。接着他转念一想,明白可能也不是这个事儿,因为如果没有找到他,她可能会给那个接线员姑娘留言的。除非是一些更加具体的指示,否则让别人转达可能会更容易一些。
　　吃过饭后,他利用休息的一会儿工夫打电话回家。"莫兰先生,你妻子来了。"

"弗兰克——"玛格丽特的声音听起来有点颤抖,所以在她再开口之前,他便立即明白了,肯定不是要让他买东西的差事了。

"嘿,亲爱的,怎么了?"

"哦,弗兰克,你回来了,我好开心!我担心死了。我不知道该怎么办。大概在半小时之前,我收到埃达发来的一封电报——"

埃达是她那个未婚的妹妹,住在北部。"一封电报?"他说,"为什么会有电报呢?"

"哦,就在这里呢。就在这儿,我读给你听。"过了片刻她还没有拿出来,她肯定在围裙口袋里摸索,然后用一只手打开,"电报上说:'妈妈病倒了,不想吓你,只是想建议你立即回来,比克斯比医生说的。不要延误。埃达。'"

"我估计是她的心脏病又发作了。"他没有什么同情心地说。她为什么要用这样的事情来打扰他工作呢?

她用低声的、拘谨的方式压低嗓门开始抽泣。她的话变成了一种受了惊吓的哭泣:"弗兰克,我怎么办啊?你觉得我应不应该打长途电话给他们?"

"如果她让你过去,你最好去吧。"他简短地回道。

显然,她是想听到他的这个建议,这与她自己的想法一致。"我想我最好回去,"她满含眼泪地说,"你知道埃达的,她绝不是一个杞人忧天的人,以前她总是小看这些事情。以前,妈妈有一次生病，她为了不让我担心，甚至都没有让我知道，直到她病好了才说的。"

"别那么担心。你母亲以前也犯过这些病，最后不都挺过来了？"他试图指出来。

但是，她的悲痛已经转移到另外一个问题上了："可是，我放心不下你和库克。"

她的悲痛，加上他五岁的儿子没人照顾让他有点生气："我会照顾他，"他尖锐地说道，"我又不是残废。要不要我帮你看看乘哪趟汽车回娘家？"

"我自己已经查过了，五点钟有一趟。如果我乘晚一班车的话，就得熬夜了，你知道，那有多么痛苦。"

"你就乘那班早的吧。"他赞同地说。

她说话的语速加快了，变得有点慌张："我都收拾好了——只带了一个过夜包。弗兰克，你会在终点站等我吗？"

"好，好。"他对这样的喋喋不休有点不耐烦。女人们总是不知道怎么打电话，不知道说重点。他的秘书正等在门口，等着向他请示一些事情。

"弗兰克，那你要保证准时到那里啊。记得，你要带库克一起回家。我会带着他，我会在去城里的路上顺道去幼儿园接他。"

他到终点站时，已经尽量准时了，但是玛格丽特已经比他先到了，站在她身旁的小人儿就是儿子库克。小家伙开始上蹿下跳，直接强调他刚刚接收到的信息:"爹地,妈咪要走了!妈咪要走了!"

他被妻儿忽视,这是少有的他没有成功独占他们对话中的头几分钟。"你一直在做什么,哭泣吗?"莫兰责备妻子,"你肯定哭了,从你两只眼睛就能看出来。你没必要那样啊。"

做母亲那种叮嘱的洪流开始从她嘴里倾泻:"好了,弗兰克,晚饭我已经都做好了,放在饭桌上,你只要把它加热一下。还有,弗兰克,你别给他吃得太晚,对他不好。哦,还有一件事,你今晚最好不要让他洗澡。你不知道怎么给他洗澡,我担心他在浴缸里发生意外。"

"一个晚上也不会杀了他。"莫兰轻蔑地咕哝道。

"还有,弗兰克,你觉得,你知道怎么给他脱衣服,对吗?"

"当然。只要解开扣子不就行了。他的衣服和我的衣服有什么区别,只是小一点儿而已。"

但是洪流继续不停地涌来:"对了,弗兰克,如果你晚些时候想出去,如果我是你,我不会把他独自留在家里。或许你可以请一个邻居来帮忙看着点他……"

这时,扩音器里的声音从候车室下面拱形的某处传来:"……霍布斯站到了,艾伦镇,格林戴尔……"

"你的车来了,快点上车吧。"

他们沿着坡道慢慢走到出发层,那股洪流终于减缓了,变成了断断续续的喷泉，都是事后想到的一些关于他个人起居的话："对了，弗兰克，你知道我把你那些干净的衬衫和衣服都放在哪里……"

"退后。"汽车启动器正在哀恸。

她双手紧紧地搂着他的脖子，好像她还不是一个百分百的妈妈："再见，弗兰克，我会尽快回来。"

"到了给我打电话，让我知道你平安抵达。"

"我会的。希望母亲没事。"

"她肯定会没事的，不出一周她就会起来，到处走动了……"

她在库克身边蹲下来，理了理他的帽子，他的夹克衣领，他的小短裤裤腿的边缘，在他额头的三面吻了吻："好了，库克，好孩子，听爸爸的话。"

她上汽车后说的最后一件事："弗兰克，他最近开始养成撒谎的习惯，我一直在尝试帮他改正，不要鼓励他……"

她终于转身离开了，因为她身后的其他人要上车了，她挡了道。汽车司机转过头，用忧郁的目光一直看着她沿走廊走到自己的座位上。他喃喃自语道："天呐，我只开几小时到郊区，又不是去墨西哥边界。"

莫兰和他的儿子走到她座位对面的站台上去了。她没法打开窗户，否则她可能会跟之前有同样的举动。现在，她只能隔着窗户玻璃，向儿子和丈夫两人送去飞吻，跟他们挥手告别，以此满足自己。莫兰不明白妻子那些动作是什么意思，但是他温顺地点头，假装理解，想让妻子好受一点。

汽车发出一阵嘶嘶声，沿着水泥路出发了。莫兰弯下身，一只胳膊抱起站在自己身边的小人儿。"跟妈妈挥手告别。"他教导儿子。他来来回回笨拙地挥动着这个小跟屁虫的手臂，好像是玩具泵上的某个东西。

他带着一种重生的敬佩之情，简直是一种敬畏之情，第十次想起玛格丽特，她竟能够彻底击败任何像这种混乱产生的后果——不仅仅是一次，而是天天如此——这时，门铃响了。他大声嘟囔道："我还没空闲呢，这会儿倒有伴来跟我闲聊，看我的笑话了！"

他已经脱下了衬衫和领带，汗衫袖子卷到安全的位置，玛格丽特的一个围裙正扎在他的裤腰带上。他已经把库克的饭菜热好了——毕竟玛格丽特已经把它准备好了，他要做的就是点亮一根火柴，把食物放在气炉上——追了好几圈之后，这会儿他终于把库克和食物都弄到了餐桌旁。可是他已经黔驴技穷了。小家伙用汤勺把食物打得稀巴烂，溅得到处都是，这该怎么办？要是玛格丽特在旁边，库克就会乖乖吃饭。和他在一起，库克便对食物进行攻击，甚至将食物残渣弄到了对面的墙上。

莫兰在儿子身后，不停地变换位置，从这边到那边，试图捉住那些搞破坏的"九号铁头棒球"。劝说根本无用，库克故意让他孤立无援。

门铃又响了一声。莫兰太忙了，已经忘了第一声门铃响过了。

他用手指绝望地梳理了一下头发，目光从库克身上转移到门口，又从门口回到库克身上。最后，他擦掉眉毛上一点菠菜，才起身走过去开门，仿佛觉得没有什么事比照顾小孩子更糟糕的了。

门口站着一位女子，他从未见过。不过，她是一位有教养的女士。她小心地避免看见围裙一角上勿忘我的花色，假装他看起来非常正常。她年轻，而且非常漂亮，但是穿着打扮却似乎刻意要掩饰她的漂亮；她穿着一件整洁但朴素的蓝色夹克和迷你裙。她长着一头红色粘金的头发，用夹子或者其他方式梳得非常整洁。她的脸干净得根本不需要肥皂和水。她的双颊上有玫瑰色的雀斑，只在颧骨上方，其他任何地方都没有。她有着一种男生的友善和自然。

"请问这是库克·莫兰家吗？"她带着一种友善的微笑问道。

"是的——不过我妻子刚刚出门了——"莫兰无助地回道，不知道她的来意。

"我知道，莫兰先生。"她说这话时，语气里带着理解，几乎有怜悯的色彩。她的嘴角也出现了一丝背叛的抽搐，但是很快就被抑制住了。"她来接库克的时候提起过。正因为这个，我才过来的。我是库克幼儿园的老师，贝克小姐。"

"噢，是的！"他迅速回道，认出了这个名字。"我经常听我妻子说起你。"他们握了握手。正如所料，她坚定而热情地紧握着对方的手。

"莫兰太太并没有真正叫我过来,不过从她说话的样子我能看出来,她非常担心你们俩,所以我无论如何得担起这个责任。我知道,她是接到一个紧急消息突然要离开,所以,如果有什么我可以帮忙的……"

他没有拐弯抹角,而是直接表达了自己如释重负和感激之情:"哎呀,你真是太好了!"他热情地说,"贝克小姐,您简直就是一个救生员!快进屋吧……"他终于想起自己还扎着那个勿忘我的围裙,赶紧脱下来,攥在一只手里,藏在身后。

"你究竟是怎么哄孩子们吃饭的呢?"他信任地问道,关上门,跟着她来到客厅里,"我恐怕要把东西塞进他嘴里,但又怕他噎着了——"

"我知道该怎么做,莫兰先生,我知道该怎么做。"她安慰似的说道。她环顾四周,走进饭厅门廊,然后发出一声低沉的笑声,"看得出,我来得正是时候。"他曾经以为,与厨房相比,到目前为止,这里的状态很好了。那里才是飓风席卷过的样子。

"小伙子怎么样了?"她问道。

"库克,看看谁来了。"莫兰说着,还沉浸在这位意外而来的救援者带来的过度喜悦中,仿佛是天上掉下来的"吗哪"一般。"贝克小姐,你幼儿园的老师。你要不要去跟她问好啊?"

库克瞪着他那双孩童的眼睛,一眨也不眨地、严肃地审视了她许久,最后他冷静地说:"不是!"

"噢，库克！"贝克老师温柔地责备道。她蹲下身来，高度正好平着椅子，脑袋正好与库克的头持平。她用一根手指放在库克的下巴上，把他的脸转过来："转过头，好好看看我。"她找时间回头冲莫兰报以一个耐心的微笑，"你已经不认识贝克老师了吗？"

莫兰为孩子感到尴尬，仿佛他觉得自己的孩子脑子反应迟钝。"库克，你怎么了，难道连你自己幼儿园的老师也不认识了吗？"

"她不是！"库克说，双眼一直盯着她。

贝克小姐看着他父亲，一副完全不知所措的样子。"您知道他是怎么了吗？"她急切地问道，"他以前从不会对我这个样子。"

"我不知道，除非——除非——"他想起妻子说的一句话。"玛格丽特离开之前提醒过我，说他开始会编一些小谎言了。也许这个就是他现在编的一个吧。"为了他听众的益处，他语气里多了一点点权威性："好了，小伙子，现在，看这里……！"

她眨了眨眼皮，做了一个令人着迷的秘密动作，好像那种不以为然的媚眼，"让我来对付他吧，"她低语道，"我已经习惯他们了。"能看出来，她是一个对孩子有无限耐心的人，任何情况下都不会发脾气。她把脸凑过去，温柔地哄着他说，"怎么了，库克，难道你不认识我了吗？我认识你……"

库克没有说话。

"等等。我记起来了，我这里给你看样东西……"她打开自己的大包，拿出一张叠好的纸，展开，一幅打印好的轮廓图，上面有人用手涂上了蜡笔的颜色。蜡笔涂色没有准确地配上指导线，而是按意愿画在那里。库克看了一眼，脸上没有露出任何一种成就的骄傲迹象。

"难道你不记得今天早上为我涂了这幅画的颜色吗——不记得我夸奖你吗？你忘了，你还因为这个得到一颗金色星星呢……？"

就算她不是他儿子的老师，至少，那颗星星让莫兰听起来觉得熟悉。多少个夜晚，每当他一回到家，儿子就会激动地告诉他，"我今天得了一颗金色星星！"

"你真的是贝克老师吗？"库克谨慎地让步。

"呵！"她捏了捏他的耳垂。"当然是了，上帝保佑你！你知道的。"

"那你为什么看起来跟她不一样？"

她愉快地朝莫兰笑了笑："我估计他是在说我的眼镜。他习惯了我上课时戴的那副角质架眼镜。我今晚出门的时候没戴。孩子也有细腻的心理。他习惯见我在幼儿园，到家里来他就不习惯了。我不属于这里。所以……"她摊开双手——"所以我就不是同一个人了。"

莫兰暗暗佩服她对孩子的那种科学态度，以及扎实而透彻的知识，与玛格丽特不理性的、感情用事的方式完全不同。

她站起身来，显然，她心里清楚，在任何一个给定的时间内，不能过分去强迫一个不情愿的小孩，只能一步一步来，慢慢赢得他的信任。他曾经听玛格丽特说起过,在幼儿园里,老师们就是这样对付孩子们的。

"不到五分钟,他自己就会彻底忘记怎么拒绝我,不认识我的。看,你很快就会发现。"她小声地预言。

"你已经知道怎么处理了,你知道怎么应对孩子们,对吗?"他印象非常深刻地说。

"他们是特别的小小个体,有着自己的理智,你知道吗,他们就是还没有长大的成人。我们抛弃的那套老式的概念是错误的。"她脱下帽子和外套,朝被蹂躏的厨房走去。"现在让我来看看在这里可以帮点什么忙。你自己呢,莫兰先生?"

"哦,不用管我,"他带着一种虚假的自我否定说道,"我晚点可以到餐馆去吃点儿……"

"瞎说,完全没那个必要,你还不知道,我已经给你带了点吃的。现在,你就安心看你的晚报吧……我能看出来,报纸还是折起来的,你还没空看吧……现在你什么也别管,就当你妻子在家里照料一切吧。"

莫兰感激地叹了一口气,心想,她可真是自己有幸遇到过的最好、最有能力、最善解人意的年轻姑娘。他踱步走出客厅,放下袖子,放松地看起了晚报。

加里森并没有从城市的这头搬到那头去,可这次旅途似乎比去年夏天的更漫长,那时,她是和弗兰克一起去的。她猜测,一方面可能是因为这次她独自旅行;另一方面,这次是在不祥预兆的情况下回去的。弗兰克给她买了一个靠窗户的座位,而她旁边的座位也一直空着,身边连一个说话的人都没有,这让她更加不舒服;不过,她也非常清楚,最令人不舒服的是两个人坐在一起,经历了最初的怠慢之后,便是紧张地、恶意地意识到彼此的尴尬。

乡村里满是翻转的土地,仿佛涟漪泛起、波光粼粼的湖面,汽车穿过一道道平整的犁沟,好似拖着乡村里的树木、房屋和篱笆,却让它们安然无恙。她双眼看到的只是表面,而不是通过鸢尾花植物转化的。每过十二分钟,她就会想起某些忘记告诉弗兰克的事情,关于库克、或者房子、或者送奶工或是洗衣工人,非常规律。不过,每十二分钟——她自己意识到这点——即使她起初记得告诉弗兰克,到这个时候他也有可能会忘记。弗兰克在汽车窗外温顺点头的姿势并没有糊弄到她,那动作太容易做到了。

在每十二分钟的空当儿里,她对母亲非常担心,就像每个人那样,任何人都会那样担心。然而,她最后意识到,那样只会让她感觉更糟糕,那就是杞人忧天,可以说,就好像是在没有必要的时候,提前写一个讣告。就像弗兰克说的那样,不会有事的。必须没事。如果——求主阻止——如果最后证明不是那样的结果,那么半路上跑过去也起不到什么作用。

她试图想一些其他事情,把思绪从此次旅途目的上转移开,以此来缩短旅途。不过，这不容易做到。她没有想象力的眼睛，对没有生命的风景她一直都没有什么欣赏的能力。而且，另一方面，由于她从没有兴趣去研究抽象的人性，所以在这种车上，她还能做什么呢？她心想，要是在车站买一本书或者杂志带在身边，可能有助于打发旅途的无聊时光。也可能不会，整个旅途，她可能也只会翻在某一页，放在腿上。她从来就不是一个热心的读者。在悲哀的绝望之中，她开始计算上周家里的开销，然后计算上两周家里的开销。那些数字在她的脑海中变得模糊，最后变得毫无意义。她无法忘记重重压在她心头的、令人担忧的心结。

此刻，天色已经很晚了，路边可见的风景非常少，她被困在一个管状世界里。汽车上，她周围的人们也是如此——其他人总是在汽车上，在那里找不到任何升华，只有人们的后脑勺。她叹了一口气，真希望她是一个修行的人，或者成为任何一种可以把身体躯壳留下而灵魂可以先到他们要去的地方的那种人。或者像那样的东西，她不能肯定，那到底是一种什么东西。

大约晚上八点钟，他们在格林戴尔停留了十分钟，她在汽车站的柜台喝了一杯咖啡。她意识到，关于库克在家的事实，最糟糕的部分已经随着时间过去了。到这个时候，除非他肚子疼，否则弗兰克会按照方法喂他吃的，没有什么可再担心的了，也没必要从汽车站提前给加里森打电话去了。她已经走完了三分之二的旅途。不过，她心里总有个想法，如果她会得到比电报里更糟糕的消息，那么剩下来的旅途便是一个无法忍受的折磨了。所以，最好等她到了那里，自己去看看到底发生了什么。

汽车严格按照计划在十点半准时到达目的地。她从其他旅客中间挤过，第一个下了车。没人到车站来接她，不过她并不失望，因为她知道埃达此刻肯定忙着照顾家里的事情。在这样的时刻，不能指望有人来接。

车站外面立即展现了加里森简洁而小型的夜生活。那意味着道路这边的电影院和道路那边杂货店的门口都还亮着灯。杂货店门口的人行道上，一群十几二十岁的姑娘正在聊天，她从她们身边匆匆走过。这时，一个姑娘回头看见她的背影。她听见那姑娘说："那不是玛格丽特·皮博迪吗——怎么这个时候回来？"

她埋着头，在黑暗中，匆匆赶路。幸运的是，那些姑娘并没有在她身后起哄以确认她的身份。她不想停下来跟任何陌生人说话。她们可能已经听说了，但她不想先从她们口中得到消息。她想直接回家，无论好坏，都从家里得到消息。可是，那句"这个时候"，一直萦绕在她的耳畔，萦绕在她的脑海。什么意思，难道是已经……？

她沿着暗得像隧道一样的伯戈因街匆忙往前走，在树下行走，向左转，然后继续行走两幢房子的距离（在这里意思是两个城市的街区，很接近），拐入一条记忆犹新的石板路，那些石板参差不齐。每一块石板都比另一块石板高出一英寸。儿童时期，她在这条路上，摔过多少次……

当家里的房子终于映入眼帘时，她才迅速地吸了一口气。哦，没错；哦，没错；屋里点起了许多灯，太多了。接着，她抑制住越来越强的恐慌，强迫自己继续往前走。唉，即使——即使母亲受了点风躺在床上，埃达也要点比平时多的灯，对吗？她必须这样做，因为她要能够照顾她才行。

然而，当她踏上那个白色的门廊平台时，恐惧又向她袭来。在那个垂下来的亚麻窗帘背后，有太多的影子来回晃动，还能听见屋里传来许多的嗡嗡声，就好像是在危急时刻那样，就好像邻居们被召集进来了一样。屋里肯定发生了什么不对劲的事儿，里面有一种骚动。她伸出手，用一个冷冰冰的手指按动了门铃的按钮。那骚动立即变得更加不安。屋里传来一声尖叫："我去！"另一个人尖叫道："不，让我去！"她站在外面能清清楚楚地听见她们的声音。难道那是埃达那高分贝的嗓门，因为无法控制的悲痛而无法辨认了吗？她觉得，那就是。埃达肯定是歇斯底里了，所有人肯定都一样。

她还没来得及把心放下来，让它像一块岩石一样从身上掉下来，屋里传来一阵狂乱的脚步被迅速放慢的声音，仿佛是有人试图拉住另一个人。门终于开了，一道黄色的内室灯光从屋里射出，照亮她全身。屋里有两个陌生人的身影，两人头上都戴着可笑的怪形状。

"是我先开的门！"个子矮小的那个欢呼道，"你还没出生，我就一直在开门了……"音乐和欢闹的声音从他们周围流出，涌入寂静的乡村夜晚。

她的心没有放下，可她过夜的包却掉下来了——"啪"的一声掉在门廊的地板上。"母亲。"她无声地抽泣道。

戴着派对纸帽的另一个人就是埃达。"玛格丽特，是你，亲爱的！你怎么记得今天是我的生日？哦，这是一个多么好的惊喜，我甚至都没有祈求过——"

他们三个人都在说着不同的话题。"噢，可是，埃达……"玛格丽特·莫兰低沉的声音在发抖，还没有从意外的震惊中恢复过来，"可是，你怎么可以这样做！你知道我一路上过来都经历了什么吗？我觉得，母亲的健康不是你应该拿来开玩笑的东西！如果弗兰克知道了，他肯定一点也不喜欢……"

一阵困惑的沉默落在了门口站着的二位身上。他们转身看着她。现在，她已经走进了绉纸灯光照亮的门厅。那位活泼的老妇人——头上戴着像鸟儿一样古怪的帽子——问埃达："她什么意思？"

与此同时，埃达问："她到底在说什么？"

"今天下午一点钟，我收到一封你发来的电报。你告诉我，妈妈中风，半身不遂了，让我立即过来。你甚至在电报里提到比克斯比医生的名字……"玛格丽特·莫兰气恼地开始哭起来，经历长途跋涉的压抑之后,这也是自然反应。

她母亲说:"比克斯比医生现在就在那里,我刚刚正好和他跳步态舞呢,是不是呀,埃达?"

她妹妹的脸色在派对兴奋的状态下变得煞白,她退后一步,气喘吁吁地说:"我从没给你发过什么电报呀!"

莫兰悄悄地用拇指伸到裤腰带下放松腰带。"玛格丽特自己也不会比这做得更好,"他全神贯注地说,"我这样说,是在竭尽全力地夸奖你。"

"如果我告诉她,你是怎么过来拯救了这一天,她一定会跟你做一辈子的朋友。等她回来,你务必要过来,跟我们俩一起吃个饭——我的意思是不用你准备晚饭。"

她用厨师天生的认可看了看空空如也的餐盘,看见她的努力没有被轻视,很是受用。"谢谢您!"她夸张地说道,"我很愿意,我自己在家并不怎么做饭。自从我在这间学校工作,我就在女子俱乐部租了一个房间,那里没有厨房。在这之前,当然是在家里,我们是轮流进厨房烧饭的。"

她缓缓站起身来,把盘子叠在一起。"莫兰先生,你现在就坐在那里,放松一下,或者到隔壁房间去,或者你想去哪儿就去吧,我马上把这里处理一下。"

"你可以把盘子放在那里,"他提议道,"玛格丽特找的那位黑人姑娘明天会过来,她可以清洗盘子……"

"噢,不要紧,"她不以为然地耸了耸肩,"这不是什么麻烦的事,我最看不得的就是脏盘子,不管是在我自己家还是在别人家的厨房,我都看不得。在你没注意之前,我就能洗掉的。"

莫兰看着她忙前忙后,心想,她大概打算在这些日子里给他这个令人讨厌的幸运者做一个强大的小娇妻。奇怪,她为什么还没有结婚呢?这个地区的年轻小伙子怎么回事?难道他们的眼睛都长在头上了吗?他走进客厅,打开那个双球的阅读灯,拿着报纸坐下来,又更仔细地阅读起来。一切真的就像玛格丽特在家那样,几乎看不出分别。除了一点,可能她没那么频繁地对库克说"不要"。可能说太多"不要",对孩子不好。她是一位教师,应该知道这点。

有一次,她从厨房走出来到客厅跟他说话,手里拿着擦碗布擦干一只盘子。"基本完成了。"她愉快地宣布,"你们两个在这里过得怎么样?"

"不错,"莫兰说着从半躺式的椅子里回头看着她,"我在等我妻子的电话,她答应我一到那边就打电话过来,让我知道那边的情况。"

"那没多久她就会打过来的吧?"

他看了一眼房间里的时钟。"我估计,十点半或者十一点之前吧。"

她说:"等把手头这些盘子弄好了,我去给你们俩榨点橙汁,明天早上喝。我会用玻璃杯装好放在冰箱里。"

"噢！不用那么麻烦……"

"那用不了多少时间。你知道吗，库克真的应该每天都喝橙汁。橙汁是对孩子们最好的东西。"她又回到厨房。莫兰独自摇了摇头。多么完美的人。

那时候库克正好也在客厅里玩耍。没过多久，他站起来走到门廊，站在那里张望，跟她交谈。显然，她擦干了所有的餐具之后，自己从厨房门走到那里去了。玛格丽特也有这个习惯，她快要擦完所有的盘子时，会到处看看。库克安安静静地站在那里看着她。弗兰克听见库克说，"你为什么要那样做？"

"宝贝，把它擦干。"她愉快地直截了当地回答道。莫兰是下意识听见他们的对话的，也就是说，他并没有完全沉浸在报纸中。

过了一会儿，她进了屋，煞费苦心地在擦一把锋利的小水果刀刀片，显然，她刚才用这把刀切了橙子。库克双眼跟随着她双手灵巧的动作，那种聚精会神的样子是孩子们有时候关注最微小动作时特有的神情。有一次，他转过头，同样全神贯注地看着走廊，似乎在看门外面的某个地方，就是她刚才去过的地方。然后，目光又回到她的身上。

"终于擦完了，"她高兴地对库克说，朝他挥动了一下擦碗布，"现在我陪你玩五至十分钟，然后我们就要让你上床睡觉了。"

这时，莫兰抬起头来，出于纯粹的责任感。"你确定不用我帮忙吗？"他问，内心十分希望她的回答是"不用"。

确实如此。"你看你的报纸吧，"她带着一种友好的权威性说，"这个小伙子和我要玩一会儿捉迷藏的游戏。"

她绝对是上天派来的。唉，看报纸的时候竟然没有人来打扰，她甚至比玛格丽特还好。玛格丽特总是觉得你在看报纸的时候也可以陪她聊聊天。所以，那时候你要么忍着，要么就是每段要看两遍，而且要慢慢看，一次看那些线索，一次看意思。并不是说他不忠诚，而是他真不希望玛格丽特在他看报纸的时候来跟他聊天，上帝保佑她。

埃达试图让嘈杂的客人们安静下来。"嘘！大家安静一下。玛格丽特在客厅里，要往城里给她丈夫打电话，告诉他发生的事情。"她甚至还格外小心地把走廊里两扇门掩上了。

"从这里打电话回家？"其中一位年轻的姑娘惊讶地问，"天呐，那太贵了！"

"我知道，可是她非常难过，我不怪她。谁会做出这样的事情？唉，这种恶作剧放在谁身上都非常可恶……！"

一位妇女带着一种不可动摇的地方自豪感说："我知道，我们这个社区绝对不会有人做出这种事情。我们都太为德拉·皮博迪和她的姑娘们考虑。"接着又说了一句话立即摧毁了刚才这句话："甚至连科拉·霍普金斯都不会考虑……"

"而且他们还在电报上署了我的名字！"埃达情绪激动地抗议道，"肯定是认识、了解我们家的人做的。"

"而且也有我的名字，刚才她不是说了吗？"比克斯比医生接着说，"他们从哪里打听到我的？"

房间里，大家相互交换着充满恐惧的眼神，仿佛有人正在讲一个恐怖的鬼故事。一个姑娘坐在窗沿上，回头看着窗户外面的黑夜，然后站起来，悄悄地走到房间中央。"这就是一封毒笔电报。"有人用沙哑的声音低语道。

埃达出于好奇心，又把门打开了一英尺宽。"你给他打通了吗？"她透过门缝问道，"他说了什么？"

玛格丽特·莫兰出现在门口，把门开得更大，然后不知所措地站在门内。"接线员说我们家没人接电话。他可能出去了——可是，你看这都几点了。如果他真的出去了，他会怎么照顾库克呢？这个点，他不可能带库克出去的。而且他说的最后一句话就是他不会出门的。肯定有人和库克在一起，在照顾他……"

她无助地看了看埃达，又看了看她母亲，最后看了看站得离她最近的医生："我不喜欢这样的事情。你们觉得我是不是应该回去……？"

众人异口同声反对。

"现在回去？"

"唉，你刚刚下车，马上又去乘车，你会累死的！"

"唉，玛格丽特，你为何不至少等到明天早上？"

"我不是担心库克——是那封电报。我不知道，那封电报让我有种毛骨悚然的感觉，挥之不去。像这样的事情不是好玩的，这是——是恶意的；肯定里面隐藏着什么危险的事情。任何一个会做出这种事情的人——唉，不用说什么了……"

"要不你再打一次电话试试，"那位老家庭医生安慰道，"也许这时候他已经回来了。如果到那时候他还没有回来，而且你仍然想回去，我可以开车送你到汽车站；我的车正好在外面。"

这一次，他们甚至根本没有关上门，也不必有人告诉他们保持安静。他们所有人一齐跟着她走进客厅，在她身边围成一个半圆形，包围着她和电话，屏住呼吸，带着同情心沉默地听着。那阵势就好像她在为自己内心为人妻的悲痛举行一场听证会。她的声音有点发抖。"接线员，请帮我再接一下城里。还是那个号码——塞维尔 7-6262。"

他不时能听见附近某处一阵快速跑动的脚步声，库克爆发出的一阵阵笑声和她说的"我看见你了！"。他们大部分时间都在客厅里上上下下跑动。

他们捉迷藏呢，他宽容地想。人们说，有两种东西永远不会改变，那就是死亡和税收；应该再加上一种——孩子们的游戏。即使是玩游戏，好像她都能够用一种安慰的、相当隐忍的方式来进行,不至于让孩子过度兴奋。那肯定是因为她受过职业训练的缘故。他不知道幼儿园老师们接受过多少类似的培训,但她肯定很棒。

有一次,有一阵鬼鬼祟祟追踪终止的声音,比其他几次的声音稍微长一些,他抬起头看见她正藏在房间走道里面。她背朝着他站着,周围都暴露给客厅里的人。"准备好了吗?"她亲切地喊道。

库克的回答传过来,但是非常模糊:"还没——等一下。"

她好像跟孩子一样乐在其中。他估计,这就是与孩子们玩耍的方式,要全身心投入。孩子们很快就会失去热情,但是他能看出来库克已经疯狂地爱上了她。显然,他现在看待她的方式与在幼儿园时不同,在幼儿园她必须维护一些原则。

她回过头,发现他正满意地看着自己。"他要藏到楼梯底下那个小密室去,"她眨了眨眼,告诉他秘密。接着,她突然严肃地问:"他去那里安全吗?"

"安全?"莫兰茫然地重复道,"当然安全——里面没什么东西,只有几件旧雨衣。"

"准备好了。"一个模糊的声音叫道。

她转过头,警告道:"我来找你了。"她从门廊里消失了,跟刚才出现在门廊里一样悄无声息。

他能听见,为了保持游戏的趣味性,她刚开始假装这里找找、那里找找。接着,他听见一块木头的声音和一阵低沉而开心的、承认被找到的声音。突然,有人喊他的名字,语气中带着一种意外的紧张："莫兰先生！"他跳起来，朝他们那边走去。那叫声就是一种语调：赶快！在他赶到之前，她喊了两次他的名字，尽管距离那么短。

她正在拉固定在门上的那个老式铁手环，满脸煞白："我打不开这个门——看，我刚才说的就是这个意思！"

"来，别害怕，"他安抚她。"这没什么。"他紧紧抓住铁手环，朝着门的水平方向朝上拉了半英寸，锁舌自己出来了，然后他拖出那块重重的橡木嵌板。这块板子嵌在楼梯架的后面，是普通门的一半高，比普通门宽，但也没有完全接触地面，离地面大约还有半英尺的距离。

库克喜不自禁地爬出来。

"明白是怎么回事了吧？你刚才想把它朝身边拉。那样对弹簧锁有用，你首先要把那个铁支架勾起来，然后再拉出来。"

"我现在明白了。我真傻。"她羞愧地说着，茫然地将手放在心脏上，另一只手在脸面前扇风，"我没有告诉你，但真让我好一顿吓！唷！我真担心他会被困在里面，还没等我们打开就……"

"噢，对不起——太不好意思了……"他懊悔地说，仿佛家里有这样一道门都是他的错。

她似乎还想继续讨论各种可能性，仿佛在她心里有一种隐藏的病态纹理。"我估计，如果真的发生什么不测，你可以立即破门而入。"

"是的，我可以找个工具把它撬开。"他赞同地说。

她听了似乎很惊讶。他看见她的目光评价似的看着他强壮的上肢。"难道你不能徒手把它打开，或者用你的肩膀把它顶开？"

他用手指拨弄着门沿，将门朝外这样她能看见。"哦，不行。这是硬橡木。两英寸厚。你看那个。你知道，这是结实的房子。而且这个位置也不好，两边都没有足够的空间抵住它，用不上力。这里的墙拐角处只给你几码的空间。而且里面的空间是随着楼梯倾斜而倾斜的。你甚至在里面站都站不直。这个密室是个三角形、V字型的，看到了吗？如果你把胳膊伸到肩膀后面去，不管在门的哪一边，都会堵在那个斜顶上。要不就是被这扇墙压倒。"

突然，让他惊讶的是，她低下头，从那扇低矮的门爬到那个黑暗的密室里去。他能听见她用手掌敲击那扇厚木板的声音。没多久她出来了。"这个密室建得真好！"她惊叹道，"但是那里面好闷，即使门开着也一样闷。如果真有人不小心把自己关进这样一个地方的话，你估计，他能在里面待多久？"

他那男性的无所不知又一次没有准备好。显然，他以前从未考虑过这样的问题。"噢，我不知道……"他茫然地说，"一个半小时，至多两个小时吧。"他饶有兴趣地上下打量这个密室。"那里空气确实很少，"他承认。

她为自己刚才冒出的想法感到羞耻和退缩，谨慎地改变了话题。毕竟，每个人都会有产生一些病态猜测的时候。她弯下腰，抓住库克的腋窝下,开始扶着他往前走,仿佛他是一个机械士兵。"好了,先生。"接着她尊重地问莫兰:"你觉得他是不是应该上床睡觉了?"

库克开始大声嚷嚷,"再玩一次!再玩一次!"他刚才玩得太开心了,根本舍不得就这样放弃。

"好吧,只玩一次,然后就不玩了。"她溺爱地让步。

莫兰回到客厅在椅子上坐下。他已经看完了报纸,全部都看完了,甚至连那些他没有但非常希望拥有的股票报价都看了;就连那些他不感兴趣的读者来信都看完了。他拿出一支雪茄,这是今天中午跟他一起吃饭的人给他的。他欣赏了一会儿,接着抽了起来:他把它剥开,点燃,无限惬意地朝头顶上方吐出一个天蓝色的烟圈。他抽着雪茄,以一种完全满意的状态在那里坐了一会儿。

那是一种很少感受到的奢侈,他几乎不知道该怎么面对这种情况。他开始打瞌睡了,头往下垂。第一次他清醒了,乘机在身边的烟灰缸里敲掉了烟灰,免得掉下来把玛格丽特的地毯烧个洞。库克蹑手蹑脚地走进来,以一种极其夸张的装腔作势蹒跚地爬行,也许他还沉浸在方才的游戏里。库克一手拿着一只他的软底、软脚趾的地毯袜。"贝克小姐说穿上这双袜子,你会感觉更舒服,"他奶声奶气地低声说。

"哦,好的。"莫兰笑逐颜开。他弯下腰,穿上袜子。"告诉她,她会把我宠坏的。"

库克把脱下了的鞋子拿出去——那双重鞋底、厚脚趾——他跟进来时一样小心,尽管他关心的对象还确信无疑地醒着。莫兰躺回椅子里,这时,他的头又开始第二次、第三次往下垂,他就随它去了。像那样的姑娘应该——应该在珠宝店的橱窗里供着——嗯……

他本是好意,可是,天呐,可是在他身边听他说话真是一种痛苦。"的确,我把你们三个姑娘带到世界上。我还记得你出生的那个晚上,就好像是昨天的事。现在,你看,你们都坐在我身边,都长大了,结婚生子……"

而且恐惧,哦,是多么恐惧,她沉闷地想着,双眼一直盯着那似乎永不会再来的汽车。

"看起来似乎不可能。确实不可能。要不是你们长得太快了,要不就是我不向自己的年龄服老,肯定不是这个原因就是那个原因。"

透过汽车仪表微弱的灯光,她对他的咯咯笑报以一个苍白的微笑。

"我知道,"他咕噜道。他伸出手,揽住她的肩膀,鼓励地拍了拍她,"我知道。你非常担心,难过。恨不得你已经到那里去了。你看,亲爱的,不要这样上车。会没事的,肯定没事的,就算有事你现在又能怎么办呢?难道就因为他没有接电话吗?呸,说不定他在哪个邻居家里喝啤酒呢……"

"我知道,比克斯比医生,但是我忍不住想起那个东西。那封电报。它给我一种最可怕的感觉,所以我没法把它扔掉。有人发了那封电报……"

"没错,没错,"他好意地笑了笑,"电报不会自动发出来的。或许他办公室某个笨蛋想要把他叫回办公室……"但是他没有说出这个想法,因为不是很有说服力。

她双眼盯着前面,沿着州立高速公路,正好绕过汽车站对面,医生的福特牌汽车就停在那里。"太晚了,对吗?今晚可能没有车了……"她不停地把手指放在牙齿上,一会儿换一根。

比克斯比医生好心地把她的手放下来,将它们按在她的大腿上。"你七岁的时候,我帮你改掉了那个坏习惯;你不会让我再来帮你改掉一次,对吗?"他透过擦得干净的挡风玻璃往前看,"车来了。你看到那两道灯光了没有?对了,肯定是它,太好了。"

什么柔软的东西从地面上掠过他的大腿,惊醒了他。他抬起下巴到衬衣的第二个扣子处,迷糊地朝下面看。库克正四脚趴地,像一只小动物那样,头低得差点比脚还低了。"还在找地方躲猫猫吗?"莫兰怜爱地问。

他的幼子抬起头,尖锐地纠正了他没跟上节奏的错误,"我们已经不玩了。贝克小姐弄丢了她的戒指,我在帮她找呢。"

这时候,他听见她的声音在外面响起:"宝贝,你找到了吗?"

莫兰醒过来，坐起身来，走出去。他记得，她刚进来的时候确实手上戴着戒指。楼梯底下密室的门已经开得很大了，好像她已经去里面找过了。此刻她正在客厅对面的走廊脚垫板下面找，她身体微微倾斜，双手扶住膝盖。

"我不知道，戒指怎么不知不觉就从我手指上滑掉了，"她说，"噢，可能就在这附近哪儿。弄丢这个戒指，让我感到难过的唯一原因，是这个戒指是我毕业的时候，我妈送的……"

"这里找过了吗？"他说，"你去这里找过了吗？还记得吗？你之前进去过这里一次，而且还重重地拍过里面的墙壁……"

她随意地回了一下头，继续寻找，"我已经在那里找过了，但是我没有火柴，所以很难确定……"

"等一下，我马上去拿过来，我再帮你找找那里……"他跨过门槛，划亮一根火柴，蹲下来，弯下腰跨进了那个密室。

密室门落下的声音仿佛一记枪声般响彻密封的走廊。

莫兰案的事后剖析

长官对万格说：

"噢，你在那边发现了什么线索？你似乎成了我们的专家，专门侦破那些看起来不是谋杀但实际上就是谋杀的案子。"

"肯定是谋杀！绝对是！怎么可能会对这点有疑问呢？"

"好吧，别把这些案卷从我桌子上吹掉了。哦，克林告诉我说，他找到的那些证人的感觉似乎没有你的感觉那么肯定。所以我才征得他的同意，让你来接手。他对这个案子很尽心……"

"什么？"万格几乎说不出话，"他们准备做什么？捏造一个他意外把自己锁起来的事实……"

他的长官平静地朝他摆摆手："现在，等一会儿，不要变得这么敏感。这有他的解释，而且我也明白他的意思。没错，莫兰太太收到，或者声称收到一封来历不明的电报，署名是她妹妹的名字。不幸的是，这封电报再也找不到了，它消失了，所以没有办法查到这封电报从哪里发出来的。有可能就在这个城市发出来的，她当时情绪激动，没有注意看日期那栏。没错，那个小孩一直说当时有个'阿姨'在家里跟他玩游戏。唯独有两个事实，可以确定无疑指出：有一个成年人与被切断的电话线和孩子被子上的留言有关……"

万格嘲讽似的翘起下嘴唇："那么，油灰又怎么解释？"

"你的意思是那个孩子用油灰够不到门的顶部，对吗？不，克林告诉我，他们用那个考验过了他。没有干预他，只是给他那套油灰工具，说，'让我们看看你上一个晚上那样盖住这扇门，'然后退后站在那里观察。当他爬到他能够到的最高点，他拖过那个三条腿的电话架子，爬上去，他的双手可以完美地跨越门顶上的缝隙。那么，如果第二次，他是出于自愿做的，而且没有人教他；那么他们想知道，难道第一次不能是他做的吗？"

"咳！"万格厌烦地清了清喉咙。

"他们对他做了另一个试验。他们对他说，'宝贝，如果你爸爸走进那里，你会做什么——让他出来还是把他留在里面？'他说，'让他留在那里面跟我玩游戏。'"

"那些家伙疯了吗——他们的脑子呢？我估计也是这个孩子切断了电话线。我估计，他用打印出来的大写字母写的那张留言条……"

"你让我把话说完，好吧？他们不是想说是那个孩子自己做了所有那些事情。但是，他们根据这些线索，倾向于认为这是一次意外，又带有一种笨拙的、恐惧的猜测是某个人，为了避免卷进去。"

"现在，克林团队的理论是这样的——记住，这还没有定论，他们现在只是猜测，直到有一些更好的证据出现：莫兰在这边有'小三'，发了一份假电报给他妻子，以排除障碍。那个女人到达之前，只有莫兰和他的孩子在家，和孩子玩游戏。他不小心把自己锁进了那个密室，然后那个该死的傻小子用油灰把门封起来了。等那个女人出现了，莫兰已经闷死在里面了。她失去了理智，极度害怕被牵连，坏了她的名声。所以她把孩子哄上床睡觉，然后留下一张没有签名的留言条给莫兰的妻子。也许她在的时候电话铃响了，由于害怕接听，她再次失去理智，把电话线切断了。他们认为，她甚至完全失去理智，所以打开了密室的门一次，看见莫兰死了，她疯狂企图让事情看起来就像她发现之前那样，所以她又把门关上，让他在里面，甚至重新涂上了油灰，所以这样看起来是孩子做的，而不是其他人做的。换句话说，就是一场意外，接着又是某个人出于内疚的想法，笨拙地做出了一个掩盖现场的企图。"

"切！"万格简洁地说，捏着自己的鼻子，"噢，这是你手下万格的理论：瞎扯。我要留下来接手，还是我脱手？"

"接手，接手，"他的上司心不在焉地说，"我会联系克林。毕竟，你只能错一次。"

他们似乎在房间里玩扑克牌游戏，都蹲坐在地板中央的某样东西上面。你看不出来那是什么，他们宽大的背完全挡住了。不管那是什么东西，反正它非常小。偶尔会有一两个脑袋露出来，困惑地抓抓主人的橡胶圈脖子的后背。那个幻觉是完美的，唯一缺少的就是舔骨头、投色子的俚语。

一名保姆谨慎地站在门廊旁观看，自己没有参与这个诉讼。她的一些东西与人们，几乎是每个人，在健康上的审美相悖。她的着装从头到脚都带着一种欺骗性，让旁观者以为她穿着裤子，两腿分别在两个裤管里。可是到了脚踝处才看出来她穿的是裙子。那种和谐的感觉被颠倒了。

万格在门廊的另一面，他是趁人不注意的时候悄悄进来的，站在那里许久，看看屋里正发生什么。最后，他走上前来，那个像猩猩集会一样的秘密会议解散了，结果发现被一群巨人包围在中间的是一个小不点。以这些类人猿成人为背景，库克看起来比他本人实际年龄更小。"不是那样，不是那样，"万格抗议道，"你们到底想做什么——剥削一个这么大年龄的孩子吗？"

"谁在剥削他了？"万格知道他们没有。有一个人收起一只亮闪闪的怀表，显然他拿出来引诱，却一点结果都没有。保姆回过头，发出像马叫一样嘶嘶声。

库克凭着孩子特有的灵敏性立即嗅出了同情心，马上迎合似的看了一眼万格，皱起他的鼻子和嘴，做出一个猴子样的鬼脸，并且开始了一场中等速度的、真心的痛哭。

"是吧，看见了吗？"万格说着，用责备的眼神看看房间四周。"你们不知道这个年龄的孩子害怕警察吗？你们每个人天生就是小孩子的敌人，何况你们所有人全部联合起来……"

"我们都穿着便服，不是吗？"其中一个人十分严肃地反驳道，"他都没看见我们的肩章，他怎么知道我们是警察？"

"儿童训练专家。"当所有人走出去时，另一个人压着嗓门嘲笑道。

最后一个人愁眉苦脸地说，"希望你比我们好运。天呐，我宁愿处理那些最难对付的年轻人也不要对付这样一个小孩，他甚至根本不知道你在说什么。"

"他什么都知道，"万格咕哝道，"只是需要一些策略而已，仅此而已。"

保姆是唯一留在房间里的人，尽管她留下来的价值也值得怀疑。在游戏开始之初，她制造的"物质上目击证人"的恐惧远比所有男人加起来更加恐怖。只要她从门廊里走近一点，库克就会开始像在梦魇中那样歇斯底里地哭泣。

万格拉过来一张椅子，坐下来，两条腿成九十度角，然后把库克抱起来坐在腿上。

"我们继续玩扑克牌吧，"保姆悲观地笑了笑，"我觉得他根本还没从那晚整个事件中醒过来……"

"他早就醒过来了。谁这么做的？"

库克从先前那个膝盖"见面"开始认识万格。他友好地朝万格微笑，也许那是一件讨好的小事，"你还有软糖吗？"

"没有，医生说我已经吃得太多了。"万格开始切入正题了，"谁让你爸爸去那个密室的，库克？"

"没有人让他去，他自己想去的。他当时在玩游戏。"

"就是之前你也被困进去的那个地方。"保姆无缘无故地指出。

万格突然转过头，脸上闪过一道真实的坏脾气，他很少这样。"听着，你能否帮我个忙！"他深深地、有准备地用腹部吸了一口气，让自己冷静下来。"库克，他当时和谁在玩游戏呀？"

"我们。"

"我知道，可谁是我们呀？你和谁呀？"

"我和他，还有那位女士。"

"哪位女士？"

"那位女士。"

"哪位女士？"

"就是在这里的那位女士。"

"我知道,可是哪个女士在这里呢?"

"那个女士,那个女士……"并不是库克不愿意说出来,只是那件事情的逻辑他说不清。"就是那个跟我们玩游戏的女士。"他突然像是找到灵感一样总结道。

到这时,万格几乎要用完了刚才吸入的那口气了;他呼出少量的残余空气,发出一声气馁的叹息声。

"你看到了吧,他每次都是这样从你的话题逃开。那个小孩长大了都不需要一张嘴了。"

万格此时的情绪并不稳定。"听着,麦戈文,我不是开玩笑,如果我在问他问题的时候,你再作出任何不相干的评论的话……"

"怎么着?"保姆嘀咕道,但是非常谨慎地没让万格听到。

万格拿出一本黑色的小口袋笔记本。他转过头回到他膝盖上坐着的证人身上,此时这个孩子正无忧无虑地摇着他的两条腿。"好了,看,那个游戏的名字是什么?"

"捉迷藏!"库克积极地大声喊着。他现在与万格更加熟悉了。

"谁先藏呀?"

"我!"

"接下来是谁藏呢?"

"接下来是那个女士。"

"然后呢?"

"然后就轮到我爸爸了。"

"处心积虑，"万格轻声地自语道。他在一只空余出来的膝盖上潦草写出来的东西几乎难以辨认，同时他还用另一只胳膊的曲线支撑着膝盖上的小家伙："被诱骗——"他划掉了这个词，又写了另一个："被哄骗——"他把这个词也划掉了，非常潦草地写道："在玩捉迷藏游戏的过程中被引诱进密室。"

接着，他痛苦地抬起头。"搞什么鬼！根本说不通！这个家伙从未见过的一个陌生女人是怎么走进一个房子里，然后让一个成年人去跟她玩游戏——像那样的游戏！"

保姆嘲讽地、很轻声地咕噜了一句，确保她不会被责怪，"你肯定会惊讶，根本不是你以为的那种游戏。"

一本书击中了对面的墙壁，然后迅速落下来。"怎么了？"库克问，饶有兴趣地看着那本书，"那本书做错了什么，哈？"

"等一下，你现在想当然地认为他以前从未见过那个女士，对吗？"保姆冒着被抹脖子的危险提醒道。

"你已经听见了他每次说的是什么！"万格愤怒地冲她抱怨，"我已经记下来这句话六次了！她以前从没有去过他们的家。"

库克开始发脾气，又露出那种快要枯萎了的、猴子一样的表情。

"宝贝，我不是在冲你发火，"万格立即修补道，轻轻地拍了拍库克的后脑勺，平息了他几次。

接着，事情突然有了进展。库克抬起头看着他，眼神里带着一种相信某种关系被动摇的不确定性，"那你在冲谁发火？是在生贝克小姐的气吗？"

"谁是贝克小姐？"

"就是那个跟我们玩游戏的女士……"

万格差点把他从腿上给仰面朝天地掉下去，"我的天，我竟然从他嘴里得到了她的名字！你听见他说的了吗？我这时甚至根本没料想他……"

他的热情很快就消失了，脸上的表情又黯淡下来。"哦，那也许只是她给自己的一个突破口而已。当她走进那所房子的时候她叫贝克小姐，等她走出屋子之后，她就不是贝克小姐了。如果我能弄清楚她到底给莫兰卖的是什么药，竟然可以让她那样进屋，或许还能有所帮助……"

"难道是邻居？"保姆建议道。

"我们已经调查了各个方向六个街区内的每一个邻居。库克，你爸爸最开始打开门让贝克小姐进屋时，贝克小姐跟你爸爸说了什么？"

"她说'你好'，"他突然开始支吾，显然他在尽力实现别人对他的要求。

"他又要开始了，"保姆服从地叹着气。

万格朝楼梯方向扫视了一周。"我想她会不会能帮上忙——你去问下医生，看她的状态是否可以下楼一会儿。告诉她，我不想审讯她，你知道的，我只是想看看她是否能就小孩说出来的东西再给一点儿启发。我不会让她待很久的。"

"我不在屋里的时候,你不要再对这个孩子进行任何的询问,"保姆警告道。"我本来是要参与你和他在一起的整个过程的。"

几分钟后,她回来了。"他们不想让她来,但是她自己想来。她很快会下楼。"

医生和护士两个人跟她一起下楼来。她走得很慢。这起谋杀不是在那间密室,而是在这里,在她的面前。

"现在,请吧……"医生催促万格。

"我答应你。"万格向医生保证。

她是一位母亲。她自己已经半死了,但是她仍然还是一位母亲。"你没有让他太累吧,长官?"她在他们俩之间蹒跚,弯下身子,亲吻了孩子。医生和护士两个人每人抬一只胳膊,把她扶起来。

万格差点就没有心情继续下去,但是,毕竟这是迟早都要做的事情。"莫兰太太,我想你可能不会正好认识一位贝克小姐吧——我是想看看是不是真的有这个人,还是只是一个……他只提到了一次贝克小姐……"

他看见她的脸上发生了变化,跟刚才与医生和护士出来的时候不同,因为她转过头来看着他。一刻钟之前,似乎都不可能在她已经经历的情绪上再添加任何东西,然而此刻可以加上某些东西。一种过度恐惧的顶点——超过她以往经历的任何恐惧——就像一股冷冰冰的、粘胶一样在她的脸上渐渐展开。她用两个手指头按住两道眉梢末端,好像是在防止她的骷髅跑掉。"不是在这里!"她低语道。

"他也是这样说的。"万格不情愿地轻声答道。

"哦,不——不!"

他正确地理解到她这两句受折磨的否定;不是在否定这个人的存在,而是否认指控——只因为那是如此的出人意料。

"那么,确实有……"他温和地坚持问道。

"孩子的……"她指着孩子,已经泣不成声。此刻,已经不是悲伤的眼泪,而是道德恐惧的眼泪,从她的眼睛里面涌出来。"库克的……幼儿园老师……"

如果有任何可以让已经发生的事情看起来更糟糕,那就是这个:让事情发生的原因成形,并且要将它物化成人形,不再保持抽象化的状态——从一扇与个人无关的紧锁的门打开开始,这位每天亲自照顾自己孩子七个小时的少妇就变成了这样。

她一蹶不振,不是因为她晕倒了,而是因为她的双腿没有力气支撑她。护士和医生抓住她,把她架在两人中间。他们扶着她缓缓转身朝门的方向走去,迈着小步子开始朝楼上走去。她没法再说什么了,也无需再说什么。现在全部都在万格的掌握之中。

就在门快要关好时,医生回过头暴躁地咆哮道:"你们这些家伙让我恶心。"

"没办法,不得不做。"侦探固执地回道。

她在一群小孩子中间，在操场上划分出来的一块地方，与大孩子们粗野的活动场地分开。他们在玩游戏，每次从两个小孩做的拱桥下穿过去，然后做拱桥的小孩抓住穿过的，然后来回摇摆；接着穿行的孩子们会悄悄地从两个无价之宝中挑选一个，然后他们再选择将挑来的宝藏藏在拱桥的其中一根柱子下。万格小时候从来没玩过这个游戏，那时候他住在东十一街，所以他不太明白他们在玩什么。

与以往任何一份工作相比，他极度讨厌此刻要做的事情，即便此刻并不是逮捕或任何与逮捕沾不上边的事情，但是他感觉孩子们的目光让他有种在逮捕人的感觉。此刻，要把她从这里带走，去证实她是否要了一条人命，似乎是一件残忍，几乎肮脏的事。

她发现他一直在旁边盯着看，便离开了孩子们一会儿，走到他这边来。她个子不高，身材苗条矮小，长着一头铜金色的头发。她很年轻，不过二十四五岁的样子；戴着一副贝壳边框的眼镜，脸蛋漂亮。事实上，更严格地说，她在孩子们面前显得更加漂亮。她的颧骨上点缀着雀斑，或者快要成为雀斑的点。"您在等待这里的哪个孩子吗？"她愉快地问道，"还要等一会儿才结束……"

他已经得到允许穿着便服来找她——或者更确切地说，是由一个"督导"领过来的——其实就是一个年龄稍微大一些的男孩，这时他已经回去了——他没有向园长解释他是做什么的；这似乎看起来更加替她考虑。"我在等你，我想跟您本人谈一谈，"他说。

他尽量在开展工作的时候不要吓到她。毕竟，到目前为止，她只是孩子口中偶然提到的一个人。"我叫万格，警察局的……"

"噢。"她似乎并不是特别害怕，只是有点吃惊。

"如果你不介意，我想请你尽快离开这里，和我走一趟，去看看库克·莫兰——你认识的，弗兰克·莫兰太太的儿子——"

"啊，好的——可怜的小家伙，"她同情地说道。

与此同时，孩子们玩的游戏也停下来了。孩子们还处在玩耍的状态，只是所有人的脸都转过来等着她进一步的指示，"贝克老师，我们现在要不要开始推了？"

她询问似的看了他一眼："你先上完课吧，我会等你。"他同意了她。

她立即回到孩子们中间，丝毫没有影响她对自己职责的注意力，也没有任何即将遇到困难的征兆。她欢快地拍着手。"好了，现在，孩子们，准备好了吗？拉……现在不要太用力……小心，马文，你在扯芭芭拉的袖子了……"

后来，孩子们都安全地上了校车回去了，在教室里，他看着她清理课桌，把课桌上的东西都有条理地收拾到抽屉里去。"这些小小的蜡笔画，他们为你画的——就像你放在那里的那些——他们不是每天都带回家吗？"这只是随口而问的问题，只是因为他站在旁边看着自己不熟悉的事情时发出的问题。至少，让人听起来是这样的。

"不是,每周五是他们带作业回家的日子。我们让他们积累一周,然后每周五我们再清理他们的课桌,然后把所有东西都让他们带回家,让他们的妈妈们看看他们取得的进步。"她放松地笑着。

他随手从一叠画里抽出来一张,上面画着一只很大的知更鸟栖息在一根树枝上。他带着佯装的崇拜感咯咯地笑了。"这是上周的还是这周的作业?"这又是一个随意而权宜的问题,仿佛只是在她整理帽子的时候,跟她随意进行的一句聊天。

"这周的,"她转过头看了一眼确认道,"那是他们周一下午的作业。"

周一晚上就是那晚……

他们乘了一辆出租车来到莫兰家。他们两人中,万格是那个更加不同的人,他一直朝窗外看。"您带我过来是一种逮捕,或者——呃——是一件慈悲的差事?"她终于开口问了,口气略有些尴尬。那不是一种内疚的尴尬,而是一种全新的、未知经验的不确定性。

"你别在意,这只是办案的常规手续。"说完,他又看着出租车窗外,仿佛他的思绪已经飞到千里之外。"顺便问下,出事的那个晚上你去过他们家吗?"即便他尝试过了,也无法发出一个比这个更不合理的声音。并不是说他没有适度地考虑周到,或者他矫枉过正了。到目前为止,情况并不确保任何更重的处理。他会束手无策的。

"去莫兰家?"她震惊地扬起眉毛问,"哦,老天,没去过!"

他没有再重复那个问题,她也没有再重复那个否认的回答。每个人说一次就够了。她已经记录在案了。

万格已经看到了许多矛盾的地方,但是他觉得他从未陷入过比此刻更加戏剧性的时刻。一方面,她对那个孩子毫无防备;另一方面,那个孩子对整个成人的世界毫无防备。

当保姆把他带进来时,他看见她十分高兴。"你好,贝克老师!"他穿过房间跑到她身边,紧紧抱着她的双腿,抬头看着她的脸,"我今天不能去上学,因为我爸爸走了。我明天也不能去。"

"我知道,库克,我们所有人都想念你。"

她转身看着万格,仿佛在问:"现在我要做什么?"

万格蹲下来,尽量压低声音,用鼓励的口吻问道:"库克,你还记得你爸爸走进密室的那天晚上吗?"

库克顺从地点点头。

"当时是不是这位女士和你一起在屋里?"

他们等待着。

最后,她不得不亲自来催促他:"是我吗,库克?"

仿佛他根本不想回答。就房间里的成年人看来,那种紧张简直让人难以承受。她深吸了一口气,蹲下身子,把小库克的手握在她的双手之间。"爸爸走进密室的那天晚上,是贝克老师跟你在一起吗,库克?"她问道。

这一次,答案从他嘴里突然就冒出来了。"是的,当时贝克小姐在这里。贝克小姐和我爸爸还有我一起吃了晚饭——记得吗？"可是，他直接对着她说话，而不是对着他们。

她缓缓站起身来，茫然地摇了摇头。"噢，不——我不明白他说的话——"他们的脸似乎都转向她，但是什么也没说。

"可是，库克，你看着我……"

"别，请别影响他。"万格打断了她，谦恭而果断。

"我不是想……"她无助地说。

"你可以到外面等我一下吗，贝克小姐？我马上就会过来找你。"

不久，他来到外面，看见她独自坐在靠墙的一张椅子上。没错，有一个人正在隔壁的房间里忙活着，指挥前门的人，但是她并不知道。她一直在系上又解开手袋上的钩子，一次又一次。可是，她率直地抬头看着他："我没法理解……"

不管怎样，他没再说什么。现在，那个孩子也记录在案了，仅此而已。

他带了一幅用油画棒画的彩色草图给她看——一只很大的知更鸟停在树枝上。"你已经告诉我了，这是你周一下午给他们的涂色画。而且你也说过，他们只有每周五才会把作业带回家，每周一次。"她为了辨认那幅涂色画，双眼盯着它看了很久很久。他等了一会儿，然后把画折好收起来了。

"可是，贝克小姐，这张图画是周二早上很早时在这个屋子里找到的。你认为，它怎么会到这里来呢？"她只是看着他把那张图画收起来，放进衣服口袋。

"当然，也有可能，当天，你还没来得及做标记，孩子他自己没经过允许就带回家了？"他疑惑地问道。

她迅速抬起头："不，我——我觉得他不会那么做。当天，我提前让他回去了，因为他妈妈在外面等着接他。你可以问莫兰太太，不过……"

"我已经问过了。"

"哦，那就好……"她站起来，脸上渐渐多了一点红色，"那么那可能会是什么，给我设计的一个语言上的圈套？"

他赶紧低下头，没有表态，避开了她的问题。

"这似乎让我陷入了一种尴尬的境地。"

"根本不会，"他口是心非地说，"为什么那样说呢？"

她低下头看着自己的手袋，又一次解开钩子，然后重新系紧。突然，她抬起头，有点不耐烦地抨击道："虽然我不知道为什么应该这样！但是，刚才在里面那根本是不公平的测试。"

他对她这个站不住脚的观点彬彬有礼地回应道："为什么不公平呢？难道那孩子不是跟你非常熟悉吗？难道他不是每周五天都会跟你见面吗？虽然就我们关心的来说，这件事还完全没有定论，你有权利说，但这是公平的。"

"可是，难道你不明白，一个孩子的思想，一个那个年龄段的孩子，就好像一张曝光在外面的相机胶卷，是非常敏感的。它会记住给它留下第一印象的东西。你刚才让我不要影响他，但是，毫无疑问，在过去的几天里，你们这些人已经影响了他，也许你们可能不是故意的。他听到你们谈论说我在这里，现在他就相信我当时在。在孩子的大脑中，现实与想象的界限是很……"

他用耐心而理性的语气说道："就说我们影响他这点吧，你完全错了。我们当中从未有人听过这个名字，直到他第一次提到这个名字，所以他怎么可能最先是从我们这里听去的呢？事实上，第一次我们听见这个孩子说出这个名字时，不得不去找来莫兰太太，让她解释你是谁。"

事实上，她并没有跺脚，只是身体往前冲了一下，表示她的思想状态，"可是你们觉得我做了什么呢——你介意告诉我吗？难道是这样的事情发生了，我悄悄地从这里走开，没有告诉任何人吗？"

"现在，请你……"他摊开双手，试图让对方消除敌意，"你已经告诉过我一次你当时不在这里；而且我也没有再问第二次，对吗？"

"而且我重申了我当时不在这里。确凿无疑！在今天之前，我绝对没进过这间屋子。"

"那么，这就够了。"他做了一个让人平静的动作，好像是在用他的双手把什么东西轻轻地按下去。不惜任何代价都要有和平。"关于这件事，我们不用再做什么或说什么了。你只要告诉我那天晚上你大概的行踪，我们就结束了。你不会反对的，对吗？"

她渐渐平静下来，"不会，当然不会。"

"不是冒犯，只是正常手续。我们也问过莫兰太太本人。"

她重新坐下来，思虑让她变得安静。"不会，当然……"她的思虑让她沉浸在内心的挣扎之中，"不会……"

不久，他清了清喉咙，"等你准备好了再说。"

"噢，对不起。我好像什么都做错了，对吗？"她最后一次打开又关上她手包的钩子，"孩子们像往常一样在那个时间点被送回家。也就是四点钟，你知道的。等我整理好桌子等其他事情，到我离开的时候可能已经四点半了。我回到住宅酒店里的房间，休息了一会儿，洗了几件衣物，在里面大概待到六点钟。然后，我就出门去吃晚饭了，在一家小店，我经常去的一个街角。我估计，你想知道那个地方的名字吧？"

他看起来有点抱歉的神色。

"那家店叫卡伦·玛丽；那是一个瑞典女人经营的一家小的私房菜馆。饭后，我散了一会儿步，哦，大概是八点左右，我顺道看了一场电影……"

"我估计，你现在不记得当时看的是哪部电影了吧？"他温和地暗示道，仿佛那是世界上最不重要的事情。

"噢，噢，不。肯尼亚文汇报影院。《史密斯先生》，你知道的。我不是经常去看电影，但是如果我去看电影，我只去肯尼亚文汇报电影院。呃，我猜，就这些了。电影结束了我就出来了，大概在十二点不到的时候，回到了公寓。"

"好的，呃，这已经足够了。非常感谢，这就可以说明一切了。这样吧，我也不想占用你太多时间……"

她几乎是不情愿地站起来："你知道吗，在……在这样的情况下，我宁愿不要离开这里。如果我在这儿的时候，这整个事件能或多或少地查个清楚，那我才会感觉好受一些。"

他绕了绕手腕："这里没什么要查明的。你好像想多了，我们自己可不愿意让你多想。好了，别担心了，你就去吧，忘了这里的事情。"

"呃……"她不情愿地走了，一直回头看，直到最后一次看不到为止，不过她最终还是走了。

她前脚一出门，他就好像从某个看不见的地方得到一种电击一般。"迈尔斯！"此人一直待在走廊后面的那个房间里。万格用食指两次指向门外。"无论白天还是晚上，给我盯紧了，一分钟也不能让她脱离你的视线。"迈尔斯连忙从后面出去了。

"布拉德！"万格叫道。一阵嘈杂、摇摆的声音在楼梯口停下来："快点去，到肯尼亚文汇报影院去核查一下，看看周一晚上他们和《史密斯先生》一起放映的另外一部电影叫什么名字；这些对我们的事情迟早有用。然后再到卡伦·玛丽餐馆去核查，看看她那晚是不是去了那里。我要仔细检查她刚才交代的行踪，如果她的话经不起推敲的话，那她就惨了！"

二十分钟后，在莫兰家，打给万格的第一个电话：

"嘿，卢，我是布拉德福德！听着，我没必要到肯尼亚文汇报影院去核查。如果你坚持想知道的话，那晚放映的第二个影片名字是《五只小辣椒》。不过，人家告诉我，有人赶在我之前，到那里问了同样的问题。售票处的那个姑娘很好奇，为什么突然所有人都对B级补白的电影感兴趣了。"

"谁去过？"万格透过电话逼问道。

"她。那个叫贝克的女孩。我有她的描述。肯定是跟你谈完话之后马上直接赶到那里去的。你怎么看？"

"我看很好，"万格用冷酷的字面意思回复道，"赶紧完成剩余的任务。那孩子刚刚说出了那晚她穿的衣服颜色。又一次反常地说漏嘴，就像上次说出那个名字一样。深蓝色，听见没？到住宅酒店去看看，能不能找到线索，看她周一晚上是穿什么颜色的衣服离开房间的；可能有人注意到过。做事小心点儿，不要留下什么痕迹。事情没有查个水落石出之前，我不想让她破坏了我们的计划。你就装作是一个想要追某个你不知道名字的女孩的痴心男子；消除对方的顾虑，你才能接近她。"

半小时后，在同一地点，打给万格的第二个电话：

"还是布拉德。我的天，她的供词简直就是粗制滥造啊！我觉得，我们已经证据确凿了。"

"好了,不要像小学生那样狂热了。如果你像我经历过的一样,你就会知道当你认为你掌握了最多的情况时,就是你两手空空的时候。"

"哦,那你还要不要听我说了?或者我自己保守秘密?"

"别闹了,菜鸟。什么情况?"

"那天晚上,她根本没去卡伦·玛丽餐馆吃饭!起初,那个餐馆的瑞典老板娘非常支持她,帮她说话。哦,是的,是的。她竟然也敢。还好,电影院那件事之后,我不知道为什么,我有点预感,所以我趁机假装了一把。结果竟然成功了!我好好地吓唬了一下她,然后很严厉地告诉她,'你想干吗,骗我?你以为我不知道,她刚才自己来过这里,告诉你,如果有人问她周一晚上来没来过,就让你说来过。现在,你想找麻烦,还是想说实话?'

"她马上像湿水泥一样瘫下去了。没错,她承认自己害怕,那个女孩刚才去过她那里。如果能够的话,我想帮她。但是,既然你已经知道了,我自己也不想找麻烦了。

"等等,还有呢。我还到住宅酒店的大堂里去晃了一圈。电梯员和前台都记得那晚她路过的时候,是穿着深蓝色的衣服。"

"来找爸爸。"万格热情地吟诵道。

第二天,打给万格的第三个电话:

"哈啰,是卢吗?我是迈尔斯。我在学校外面,我会死死盯住她直到今天下午四点。事实上,从昨天开始,我就已经牢牢控制住她了。不过，刚刚发生了一件小事。我希望你能立即插手。它可能意味着什么，但也有可能不是。刚刚她从住宅酒店的门廊里出来的时候，我跟着她，然后注意到，在她去乘车的路上有一个水果摊的摊主跟她像日常一样问候早安，她也笑着回了对方。所以我逗留在后面，迅速问那个摊主，以便我能跟她赶上同一辆车。水果摊主告诉我，周一晚上六点左右，她买了六个佛罗里达橙。我记得第二天早上莫兰家的冰箱里出现的两杯橙汁是莫兰太太解释不清楚的，而且肯定她回娘家之前自己没有准备过橙汁。"

"我也记得那两杯橙汁。即便根据她自己的供词，六点时她是出去了，而不是在家里。她肯定是带着橙子去了哪里。我刚才也在回味这点，然后和那个帮她打扫房间的服务员聊了几句。关于那些橙子的一个对我们有利的证据，那就是，你不能把橙子皮也吃了吧。"

万格向他的上司汇报：

"卢，案子进展怎么样？"

"进展得太顺利，简直让人不敢相信是真的。我恐怕都不敢呼吸了，因为担心整个事情最后都成为泡影。长官，信不信由你，到目前为止，我们追踪了这么多的线索，我们终于真正找到了一个活生生的、有血有肉的嫌疑犯。事实上，我已经跟她谈过话，也听她回答过我。我一直都在苦恼。"

"让她苦恼吧，那样才更有建设性。"

"这姑娘试图用一个捏造的故事来哄骗我们。我已经听出来她的故事里有一个漏洞,两个漏洞,可这事还是像太阳底下的棉花糖一样!她没有去她说的那个餐馆吃饭,也没有去她说的电影院看电影,她离开房间的时候穿着深蓝色的衣服。莫兰家的孩子当着她的面指认,那天晚上她一直和他还有他的爸爸在一起。周二早晨没过几个小时,我们在莫兰家发现孩子周一下午在学校画的一张涂色画,而莫兰太太非常肯定当时接孩子回家的时候,孩子没有带回那张画。而且更能说明问题的是:周一傍晚六点左右,她在公寓附近的一个水果摊上买了六个佛罗里达橙,并且随身带走去了她去的地方。后来,我们在莫兰家冰箱里发现两大杯橙汁,而且莫兰太太非常肯定那不是她自己准备的,而是其他人做的。而且根据她的记忆,莫兰的杯子里确实有橙子。那么,贝克姑娘买的橙子到哪里去了呢?从头到尾,这些橙子就没在她自己的房间里出现过。我已经查问过房间清洁工,一周以来,她都没有从那个房间打扫到过任何橙子皮,也没有什么干掉的橙子核。"

"那么,在你看来,这个案子怎么样?"

"现在看起来,似乎已经是三连击都成功了。要不,你再让她挣扎二十四小时,看看她会不会再进一步去遮掩。然后,准备逮捕。不过,不管你做什么,都别让她跑了。无论白天还是晚上,把她盯紧了……"

"还有其他时间也要盯住。"万格冷酷地补充道。

"长官，我是万格。"

"我一直在等你电话呢。我认为，你最好是现在把那个贝克姑娘给抓起来。"

"长官，我正准备行动呢，现在正在她的住宅酒店大堂给你打电话。我想先得到你的允许，再进房间把她带走。"

"好的，你已经得到允许了。我刚得到消息，第一次有成年人核实了那个孩子说的故事，即便那并不完整。有个叫施罗德的男子，就住在街对面，与莫兰家隔了几间房子，当天晚上，他恰巧去拉卧室里的百叶窗，非常确定地看到了一个女人的身影，在午夜之前离开了莫兰家。当然，他站在远处，而且又是黑夜，他没办法辨认，但是我认为继续拖下去也没有什么意义了。"

"是的，没必要。不是用她过去消失的记录。我大概十五到二十分钟就回局里。"

电梯操作员试图挡住他的去路。"对不起，先生，男士不允许进这些房间。"

"我不是男士，我是侦探，"万格差点要发脾气了，不过他没有。他不得不承认，这次逮捕人的经验不如以往好。"前台已经允许我上来了，"他生硬地告诉她。她探头朝大堂看了看，得到了一个秘密的暗示，允许他上去。万格不愿意对他那狡猾的猎物抱有任何侥幸的心理——在楼下等或者让人去把她叫下楼。

操作电梯的姑娘在七楼为他打开门。

"在这里等我。不要让其他人乘电梯下去,我要直接下楼。"她目不转睛地看着他平静地迈步走去,仿佛在自己家的走廊上一样。她看得出来,这是一次逮捕。

他敲了敲门,她的声音毫无畏惧地从里面传来:"谁呀?"

"请开门。"他平静地回答。

她立即打开了门,脸上还带着惊讶的神色,怎么会出现男人的声音。她身后正放着一盆丝袜。"你介意跟我走一趟吗?"他语气严峻却不野蛮。

她说了一声,"噢,"但是声音非常微弱。

他站在开着的门口等着。她在柜子里摸索着她要出门的东西,但找不到她要找的。"我不知道为什么我不害怕,"她支支吾吾地说。"我觉得,我应该会……"实际上,她已经吓坏了。她把大衣和衣架都掉地上了,又赶紧捡起来拍了拍灰尘。接着,她想穿上大衣,却忘记把衣架拿掉。

"贝克小姐,你不会有事的。"他愁眉苦脸地说。

"我不能洗完袜子再走,对吗?"她说。

"我觉得,你最好不要洗了。"

她皱了皱眉毛,把挡在路上的东西拖开。"我真希望在你来这里之前把袜子洗完了。"她叹了一口气。

"我还会再回来吗?"她把灯关掉之前问道。"或者我要不要……要不要带上过夜的东西?"她已经吓坏了。

他只是帮她把门关上。

"你看,我以前从未被逮捕过。"她自我安抚地说着,和他一起朝走廊走去,与他缓慢和宽大的步子相比,她走着快而紧张的小碎步。

"不要再说了,好吗?"他生硬地说着,语气里带着一种易怒的恼恨。

他走进昏暗的房间,看着她,点着了一根雪茄。雪茄的烟雾慢慢散开,过了一会儿才渐渐到达照在她脸上的圆锥形轴上面。烟雾渐渐变成了惨淡的蓝色,仿佛试管里的东西一样。"哭是没有什么用的,"他从远处纠正她,"再说,你又没受到任何虐待。到这里来,只能怪你自己。"

"你不知道这意味着什么……"她朝着他声音传来的方向说,"你们总是逮捕人,对你们来说,这没什么。你可能根本不知道我内心世界发生了什么,当你安全地、满足地、与世无争地待在自己的家里时,突然有人进来把你带走了。带着你走过你居住的楼下,当着所有人的面,带你走过街道——等他们把你带到那里时,你发现你可能已经——已经谋杀了一个人!哦,我受不了!今晚,我对整个世界产生了恐惧!我感觉,我现在就置身在一个我给幼儿园孩子们讲的故事中,这个故事突然变成了真的,我被人诅咒了,被困在某个怪物的魔咒权柄下。"她一边抽泣,一边抱歉地冲黑暗中的他们微笑。

另外一个声音从黑暗中传来："你以为莫兰在密室里那最后半个小时就好受了吗？当他被人从密室里拖出来的时候，你没有看见他的样子。我们看见了。"她按住自己的头，一言不发。

"别说了，"万格在一旁悄悄地说，"她是那种敏感的类型。"

那个看不见的保姆用她的舌头在她的嘴唇上发出了一种拔东西的声音，表示她对那件事的看法。

"我不知道那是谋杀。我不知道有人故意对他那样做！"坐在木头椅子上的姑娘说，"那天你们带我去他们家，我只是以为那是一个意外，以为他只是不小心把自己锁在里面出不来，而且那个孩子当时没有意识到危险的严重性，后来也许为了逃避责骂，就像大多数孩子都会做的，才编出来我也在那里的故事。"

万格说："那也不能对这个案子有丝毫的改变了。这不是我们现在想跟你谈论的东西。你没有去瑞典老板娘的餐馆吃饭。你没有去肯尼亚文汇报影院看电影。但是后来，你却去了这两个地方，并且让他们说你当时去过！要不然，你以为，你为何会到这里来。"

她用一只手握着另一只手腕，来回地扭曲。最后她说，"我知道……我当时并不知道这么快就被你们盯梢了……那天下午你看起来那么友好。"

"我们不会给人警告。"

"我当时不知道那是一起谋杀案；我当时以为，那只是一个孩子的小谎言，我只需要应付一下就行。"她深深地吸了一口气，"那晚我……我和我丈夫在一起。他叫拉里·斯塔克，他……他住在马西山大街420号。我在他的公寓里为他做了晚饭，然后我们整个晚上都在那里。"

她的话没有给人留下印象。"你为什么不在被询问的第一时间就告诉我们？"

"我不能，难道你们不明白吗？我是一位老师，我不应该结婚的，那会让我丢了工作。"

"我们已经把你编的第一个故事给戳穿了，现在你没法圆谎，自然会再编一个故事来代替，你根本站不住脚。如果我们没有相信你第一个故事，又凭什么相信你这个故事呢？"

"你们问拉里——他会告诉你们的！他会告诉你们，我当时一直和他在一起。"

"我们去问他可以，而且他也许会告诉我们你一直和他在一起。但是，莫兰家的孩子说你一直和他在一起。而且那幅涂色画也告诉我们，你当时和他在一起。还有冰箱里的两杯橙汁也告诉我们，你当时和他在一起。而且你深蓝色的衣服告诉我们，你当时和他在一起。姑娘，那可是一连串的线索，没那么容易推翻的。"她吸了一口气，没再说话，仰起头枕在椅背上。

走廊上，一束黄色的光穿过包围她的四角黑暗，一个声音传来："他现在已经准备好见她了。"

万格的椅子转过去。"现在有点为时过晚了。现在说出来，还是一开始说出来，对你都没有多大帮助。贝克小姐，这件事已经在进行中了，我们很少能够改变行进中火车的方向——你肯定要在他们两人当中跌倒了。"他伸出手去为她拿那个锥形的灯，透过灯光可以看见他的手。

她又哭了，还是像之前那样无声地抽泣，这时保姆和万格把她带到长官面前。

"这么说，这就是那位年轻的女士？"如果是在其他场合下，这可能是一个没有构建好的比较友好的开场白。但是，事实上并非如此。

长官身边的电话突然响了："丁零零……丁零零……，哗……零零！"

他说，"等一下。"接着他又说，"谁？没错，这里有一个万格，但是不能用这个分机。呃，你是什么……"

他压低了嗓门，看着桌子对面："有人要告诉你关于你刚带进来的这个姑娘的事。你去看看，到底是怎么回事。"

他示意一下，保姆便带着贝克小姐退出来了。

"我估计，是她丈夫吧。"万格咕哝道，转过身，拿起电话。

电话那头传来一个女人的声音，"喂，请问是万格吗？"

"是的。你是谁……"他开始谨慎地说。

对方的声音透过线缆传来，仿佛一把小刀般切断他的声音。"是我在说话。你刚从女子住宅酒店带回来一个姑娘。一位贝克小姐,幼儿园老师。对吗?呃,这个电话只是想告诉你,她跟莫兰密室遭遇的事件毫无瓜葛;我不管它看上去怎么样,或者你觉得自己知道多少,又或者你认为你已经找到了什么线索。"

万格开始觉得有万条蚂蚁在裤子里蠕动,他试图捂住话筒,与此同时向他的长官发出信号,"追踪这个!追踪这个!"

那个声音仿佛有心灵感应一般。"没错,追踪这个电话,我知道,"那声音干巴巴地说道,"我马上就会离开的,所以别浪费你们的时间了。现在,为了打消你的疑虑,或者以防你完全忽视我,缝在莫兰家孩子被子上那个便条的内容是:'莫兰太太,你拥有一个非常可爱的孩子。我会把他放在安全的地方等你回来,因为我不想他受到来自这个世界的任何伤害。'贝克小姐可能并不知道这点,因为你自己还没有说出来。他们家的收音机是飞尔科牌的,他读的是《太阳报》,我当时给他最后的晚餐是碎鸡蛋,密室里面有两件发了霉的雨衣,而且他的整根雪茄烧完了,形状没变,就在他最后坐着的椅子旁。你最好把她放了。再见,祝你好运。"啪嗒。

就在这时,长官桌上的另一部电话铃响了。

"诺伊曼杂货店里的一部付费电话,戴尔街和二十三号街的拐角处。"

万格打开门冲出去,差点把门从门框里拉出来了。6分18秒后,他气喘吁吁地冲着一位从杂货店柜台后面拉出来的、满脸吃惊的业主问:"谁刚才在中间那个电话亭里打电话,那里的灯泡还是热的?"

那位店主非常无助地耸了耸肩膀说:"一个女人。我怎么知道她是谁呢?"

万格对弗兰克·莫兰案做的记录:

物证:1 张留言条,用手写的大写字母写成,缝在孩子的被子上。

1 幅涂色画,可能是成年人模仿孩子的手工画的。

案子未破。

第四部 弗格森

已有迹象向我表明,
某种恐怖早已逼近。

——德·莫泊桑

神秘女子

　　这并不是一个有很多人来参加的展览，甚至有点像个人作品展览一样，可能是他的名气还不够响吧。或者，他可能已经名声过大——只是方向错误罢了。因为，他的作品不仅可以在这个艺术长廊里看见，在这个月里几乎任何一天，都能在市中心每个地铁站的报亭里看见，用一个小夹子垂直地挂着。二十五美分就能买一幅回家，不仅可以买到封面，还能买到整本杂志。几乎每个来看展览的人都可以告诉你，那绝对是走对了歪门邪道。

　　不过，仍然有几个人来参观这个展览，并不完全因为这是他的作品，更因为这是一个艺术展览。他们是那种从不会错过任何一个艺术展的人群,不管是谁的作品,是在哪里展出,他们都不会错过。一群业余艺术爱好者——或者,他们更加喜欢被人称作"鉴赏家"——高傲地在展厅游荡,只是为给他们下一次的派对鸡尾酒找点谈资罢了。一两个流浪的经销商在场,万一有人对这位特殊的人才感兴趣了,他们的在场可以确保安全。两个二流的评论家也因为工作需要在场。这个艺术展只能在明天的报纸上占半个版面。或许,会是令人鼓舞的措辞,但是只有半个版面。

接着,进来了两个从基奥卡克来的女士,她们来这个展览,因为她们明晚就要出发回去了,此刻是她们唯一有空的时间段。她们必须趁还在城里的时候至少看一个艺术展。不管怎么说,他的名字是一个不错的美国名字,容易记住,回到家之后等她们参加下一次"周四女士夜"时,也容易跟姑娘们谈起。

再接着,就是一个艺术专业的学生。你只要看她一眼,就能弄清楚这一点。她在这里做着笔记或类似的事,坐下来时也是一样,模仿着艺术博物馆里的古老大师们。非常认真,脸上是一种求知若渴的表情,戴着牛角边框的眼镜,细长的波波头发压在一顶过时的苏格兰圆扁帽下,完全不关注她周围的事情,全神贯注地从这幅画布前走到那幅画布前,不时地在她那本十分钱的廉价笔记上快速写下某种神秘的胡言乱语。

她似乎有着某种自己的、但尚未充分发展的批判标准。她穿过那些静态的生活画、风景画时,只是粗略地看一眼。只有观赏那些人头画像时,她才会认真地做笔记。或者,正好这类型的画作跟她的专业对口。她在水果和日落绘画方面已经有很深的造诣了。她像一只老鼠一样,从一个展厅来到另一个展厅,只要有人想仔细看某幅她也在看的画作时,她就会退后。没有人注意到她。首先,那几个"鉴赏家"声音太大了,他们在附近的时候,就很难听见其他人的声音。他们也注意到了这点。

"噢,我告诉你,他的作品就是照片啊。它很有可能也是1900年代的作品。也可能从来不会有毕加索了。他画的树就是活生生的'树'。它们不属于这个画框,反而像森林里面其他的树木一样。一棵树,它看起来就像一棵树,对于这样的画,有什么值得一提呢?"

"你说得太对了,赫伯特!难道它不让你倒胃口吗?"

"照片!"那位男性鉴赏家又说了一遍,还挑衅似的看看四周,确保大家都听见他说的。

"简直就是快照。"女鉴赏家也加了一句,他们怒气冲冲地继续大步往前走。

来自基奥卡克的一位女士听力不太好,她问同伴:"格雷丝,他们为什么生气呢?"

"他们生气,因为他们能认出来这些画的内容是什么。"另一个悄悄地告诉她。

那位艺术生悄悄地贴近,路过那幅被批评的树画作品,没有逗留——到现在为止,当被批评后,那些树应该已经枯萎了。

两位鉴赏家停下来,又拿出来他们的"解剖刀",这次是在一幅画像面前。"那幅画是不是太难用语言来形容了?他展示了她头发的那部分和她下嘴唇投射的阴影部分。这样的话,还犯得着画一幅画吗?不如叫一个大活人过来,站在一个空的画框里不就得了?现实主义嘛!"

"或者为什么不只是挂一面镜子在这里,然后命名为'路人的画像'?自然主义!呸!"

那位艺术生在他们之后来到这幅画像面前,而且这次草草记下来笔记。或者,更准确地说,是一个勾勒。她带着的那本小线条空白记事本上写着四个潦草的记号:"黑色""金色""红色"和"中间色"。在"黑色"的下面勾勒出一条垂线,在"金色"下面有两条;在另外两个颜色分类下面,到目前为止,根本没有笔记。显然,她花了一整个下午在统计这个特别的展览人作品中的人物头发颜色的类型。这些艺术生们的做法真怪。

艺术长廊下午场要关门了。那一两个零散的经销商早就走了;这里没有什么对他们有用的东西。东西是够好,可是为什么要花钱买这些东西呢?还剩下几个主张硬拼到底的人也都出去了。那两位鉴赏家又出现了,还是大声地在抱怨。"真是浪费时间!我告诉你了吧,我们还不如去看看那部新上映的外国电影呢。"然而,值得注意的是,只要周围有人听见他们的评判,他们就一直逗留在那里。

　　来自基奥卡克的两位女游客走出来,脸上带着完成了任务一般的冷酷表情。"好了,我们兑现承诺了。"其中一个安慰另一个说,"你的脚肯定走累了,是不是?"

　　那位艺术生是他们当中最后一个离开的。此时,她的小笔记本上已经写上了:黑色——15;金色——2;红色——0;中间色——1。在他展示的十八幅人头画像中,也许可以得出一个结论:这位艺术家偏好深色头发的模特。

　　无论如何,所有人当中,只有她似乎度过了一个彻底令人满意的下午,并且实现了她的目标计划。她把旧大衣的扣子系好,一直到衣领,然后走上街头,回到她那个无名的世界中去。

弗格森

  弗格森刚摆弄好他的画架和画布,就有人敲门。"马上就来。"他说着,开始布置他的油管。
  他看上去并不像一个画家,他没留胡子,没戴贝雷帽,没套罩衫,也没穿天鹅绒短裤。他曾经上千次登上过杂志封面。但是,在这些空当儿,他喜欢做一些严肃的事情,用他自己的话来说,就是"为自己"做点儿事。工作室的一整面墙是玻璃——采集优质的北面光线。不过,那面墙不像其他三面墙那样直接竖起来,它在某个角度倾斜,这样它可以穿过一面直墙和一扇天窗。
  他走到门前,打开门。"你是新来的模特?"他问,"过来这里,到灯光下,让我看看你。我不知道能不能用你。我告诉中介我想要一个……"

他停止挑剔,屏住呼吸。这时候,他已经让她完全站在天窗光线底下。"哇哦,"他终于发出一声呼气,仿佛是一声长叹,又像是一句虔敬的嘶嘶声,"你把自己一直藏在哪里?转过来一点,够了。也许你并不完全符合流行的大众审美,但是,宝贝,我会好好挖掘你的美!你就是我心里想要的女猎人黛安娜的模特,我自己想要画的一幅作品。既然你已经在这里了,我想我要开始那幅作品,那些商业的作品可以再等等。"

她长着乌黑的头发,牛奶般白皙的皮肤,眼睛看起来像是紫色的,她在眼睛周围画了一条细细的眼线。

"你最后一次是为谁工作的呢?"

"特里·考夫曼。"

"他准备做什么,把你占为己有?"

"你认识他?"她问。

"我当然认识那个流浪汉,"他打趣地说。

她立刻垂下眼睛,牙齿咬住下唇。接着,她带着重新振作的信心抬头看着他。他正激动地搓着双手,正为这个意外的收获而过度惊喜。"现在,也许只有一种可能的收获。你的身材怎么样?"

"我猜还行,"她认真地说。

"你最好是让我亲眼看一下。你可以到那边的化妆室去,脱下你的衣服。你会看到我想让你穿的衣物，都挂在那里了。那个金手镯戴在左胳膊上，穿上豹纹皮短裙，把开衩放在旁边，把你的大腿全部露出来。"

她湿了湿双唇。一只手无助地朝上放在肩膀上。"就那些吗？"

"就那些，是半裸装。怎么了？你以前做过模特，不是吗？"

"是的。"她说，脸上毫无表情，不情愿地走进了化妆室。她又走出来了，还是那样不情愿，但是她的脸僵硬地转向一边，大约五分钟的样子。她光着的双脚悄无声息地走在地板上。

"太美了！"他热情地说。"太可惜了，美的东西都不能长久。两年内，它就会消失，只要他们开始拖你一起去鸡尾酒派对。你叫什么名字？"

"克里斯蒂娜·贝尔。"她说。

"好的，现在到那里去吧，我会告诉你想让你怎么摆造型。那会是一个很难摆的造型，但是我们会用一些容易的动作来替换。现在往前蹲一点儿，朝画布正中间，一条腿在你的身后。我想要观众们看着这幅画时，让画中的她看起来就像要从画框里走出来一样。右胳膊在你前面弯曲，抓住点什么，就像这样。左胳膊朝后面伸，穿过你自己的肩膀。就是那样。定格不动。不动，现在，不动。你应该是在追捕什么，准备朝它射箭。我随后会把箭加进来。如果你把弓箭一直拉开的话，肯定没法摆太久的造型，那种疲劳是难以忍受的。"

一旦开始工作了,他就不再说话了。三十分钟后,她开始轻轻地呻吟。"好了,我们休息五分钟吧。"他随和地说道。他拿起一盒烟草,从里面抽出一根,然后轻轻地把烟盒子朝她站的地方扔去。

她让烟盒子掉在了地上。他转身看着她,发现她的脸色痛苦而惨白。他若有所思地眯起双眼:"你是不是真的那么有经验?"

"哦,是的,我……"

她还没来得及把话说完,这时突然有人敲门。"忙着工作呢,晚点再来。"他叫道。敲门声又响了。他轻声地骂了一句,走到门口。模特台上的姑娘做了一个祈求的姿势,匆忙说:"弗格森先生,我很需要钱,给我一个机会,好吗?那可能是中介介绍来的模特……"

"那么,你怎么会在这里?"

"我当时正在附近,想让他们接受我,但是他们不接受,因为他们的等待名单有那么长,而且我当时听见他们给她打电话,让她到您这里来报到,所以我就去楼下,用一个公用电话给她打了一个电话,让她觉得还是那个中介。我告诉她搞错了,她根本没有被选上,然后我就代替她来了。不过,我估计她后来已经发现了。您愿不愿意至少给我一个试用的机会,看看我行不行?"看着她脸上祈求的表情,就算是铁石心肠也会被融化,何况是多愁善感的艺术家,他们总是容易被美打动。

"马上给你更好的答复。"他似乎费了不少功夫才板起脸来,"你先藏起来,"他有阴谋似的轻声说道,"我们会给这件事来个古老的'帕里斯评判'。"

他走到门口,把门开了一条窄缝,故意用挑剔的眼光盯着门外。有一次,他转过头,看了一眼第一个候选人,她正畏缩在墙角下,两只胳膊无意识地抱在胸前——或者,真是无意识吗?——那是带有艺术效果的。然后,他伸手去掏口袋,从里面拿出一张皱巴巴的纸币,递到门外面去:"孩子,这是你的车费,我不需要你。"他生硬地说。

他回到画架前,嘴角上露出一种压抑的笑容。"在这场骗局中,甚至还有人强挤进来,"说完他咯咯地笑了。笑容在他的脸上毫无掩饰地展开,"好了,黛安娜,站起来,瞄准它们!"

他又拿起了画刷。

科里端着高脚杯,在工作室里漫无目的地闲逛,他在画架面前停了下来,指着随意抛在架子上面的粗麻布问道:"这是什么,最新的大作?介不介意让我看一下?"

"不行,离它远一点儿。我不喜欢别人看到我还没完成的作品。"弗格森喝了一口苏打水回道。

"你和我就不用那么腼腆啦,我又不是你的竞争对手。我对艺术一无所知……"麻布袋已经被揭开了,他呆呆地站在那里。

弗格森转过头,看他为什么一直沉默。"唉,作品还没完成就让你无法呼吸了,"他满怀希望地说,"想象一下,等定色剂放上去,它会怎么样。"

科里迷迷糊糊地摇了摇头："不，我在想，这个女孩的脸上好像隐约有某种熟悉的东西。"

"哦，当然，我期待会有那样的效果，"弗格森冷淡地说，"好了，你不要向我打听她的电话号码，必须得等这幅画作完成之后，如果你刚才指的是……"

"不，我说的是真的。当我揭开麻布袋的一刹那，那种熟悉的感觉就像一道光一样照亮了我。但是，现在它又消失了。就好像，话刚到嘴边却又忘记你要说什么的那种感觉。我他妈到底在哪里见过这双冰冷的眼睛，和那温暖而诱人的嘴巴呢？她叫什么名字？"

"克里斯蒂娜·贝尔。"

"不管怎样，我没听过这个名字。你以前用过她吗？可能我在你画的一些杂志封面上见过她。"

"没有，她是新来的。我刚刚雇佣她，所以你以前肯定没见过。"

"这双眼睛和这张嘴巴周围有足够的相似性来激起我的记忆，但是整个头部总体上不是特别像，比如头发，所以我不能确定就是她。该死，弗格，我知道，我肯定在哪里见过这姑娘！"弗格森再次把麻布袋放在画布上，保护他的画作，就好像一只心生嫉妒的母鸡保护她的小鸡一般。他们两人都离开了画架。

但是，没过多久，科里准备离开之前，又来到那幅画作前，仿佛它在他脑海里已经留下了深刻的印象。"如果我不弄清这点，今晚我肯定睡不着。"他走出去，最后满脸愁容地看了一眼被盖起来的画布，直到他关门出去。

她微微退缩了一下，看着弗格森把箭头插进弓里，再把这个完整的武器放进她事先摆好的手里。"太可怕了，是不是？我昨天那样让箭从我指间飞出去！那之后，我简直讨厌再碰这东西了！"

他温和地笑了笑："那不可怕，不过如果真的射中就会变得很可怕——如果当时我的脖子再往后靠两英寸，那我真的可能在一分钟之内，就身首异处了！我当时恰巧正低头看我的画布，全神贯注地看我勾勒的细节呢，那才救了我一命。我当时感觉有东西迅速飞过我的颈背，接下来我知道箭头插入了那边两个天窗中间的木框上。"

"可是，当时有可能会要了你的命，对吗？"她睁大眼睛懊悔地问。

"如果箭头正好击中我的要害——颈动脉或是心脏的死穴——我估计会没命的。但是，不是没有射中我吗，为什么还要担心？"

"可是，如果我拿一根有保护套的箭头，不是更好吗？"

"不，不，如果不是现实主义，我就什么都不是了。如果我捏造事物，那我就会变得肤浅，即便是像一个小箭头这么简单的东西也一样。现在别紧张了。那只不过是百分之一的概率，很有可能是因为你面临摆造型的压力时，无意识地把弓越拉越紧，然后你没意识到,把肌肉放松下来释放压力,然后那该死的东西就弹出去了。只要记住别一直往后拉就行。只要拉着,不让弓松下来就行,跟箭头形成一条直线。你只要做到这样就行了。"

他们休息的时候,香烟盒子在他俩中间飞来飞去,就好像体操运动员之间抛包手布一样。"真奇怪,你怎么会变成一个画家?"她说。

"为什么这么说?"

"画家总让人觉得是很温柔的人。至少,到目前为止,我总是这样认为。"

"我很温柔。什么东西让你觉得我不是那样的呢?"

她低声抱怨道:"也许你现在是。你之前可不总是那样温柔。"她的声音非常小,以至于他基本上没听见。

然后,没过多久,她回到模特站台上去,摆出射箭的姿势,拉开弓箭对准他,她说:"弗格森,你为许多人带来快乐。你是否曾经……为某人带去过死亡?"

他的画刷在半空中突然停下来,但是他没有转身看她。他瞪着前方仿佛看到过去的某件事。"有过,我曾经有过,"他用压抑的声音说。他的脑袋有点耷拉下来,接着他抬起头,重新开始继续画。"我工作的时候不要跟我说话。"他同样提醒她。

那之后她就再没跟他说话了。工作室里什么声音也没有,也几乎没有任何动作。只有两个东西在动:一个是长长细细的画笔在他灵巧熟练的手指之间挥动;另一个就是被往后拉着的、钢制的箭头,它沿着弓杆缓缓地往后滑,已经达到了弓弦能够承受的最大范围。还有一个在动的东西:一个在她左胳膊下来回晃动的影子,因为白皙的肌肉收缩,因为肌肉下面的肌腱在动。只有那三个东西不是静止的,处在动态的、高压的寂静中。

然后,工作室门外突然传来一阵快活的敲门声,一群人的声音在外面叫道:"快点,弗格,让我们进去。联合时间到了,你知道的!"

箭头又一次趁人不备地缓缓向前移动,穿过弓,好像是压力渐渐不能撑住弓弦。她发出一声特别的、竭力的叫声,他转过身问:"要紧吗,你撑得住吗?"

她耸了耸肩,向他投去一个灿烂的笑容,"当然可以,但是——太糟糕了,我们差点就要完成了,可现在看来没办法了。"

她以前从未在这种困难条件下穿过衣服。化妆室的门不带锁,自从他们第一次无意中发现她在那里,就每隔几分钟故意闯进来看看,跟她开玩笑。就连弗格森也跟着喧闹的人群起哄。"快出来吧,黛安娜,不要这么害羞——这些都是朋友。"

一旦安全度过了把豹纹短裙脱下,再光着身子把自己的衣服换上这个关键时刻,最糟糕的部分就过去了。她自己挤在门后面,用身体顶住门——让门只能从里面打开——才成功把自己的衣服换好。每过一两分钟,她身后的门就被推开一点,迫使她向前一点儿。然后,她又不得不再把门关紧顶住,继续穿她的衣服。她以前从未在这种情况下穿过丝袜,那简直像杂技表演一样。

从工作室里的喧闹声来判断,这个派对绝对不是暂时性的侵入。它肯定是要通宵达旦的,就像滚雪球一样,派对进行过程中,会有越来越多的人过来。外面的门已经打开了两次,而且已经有新的声音尖叫着进来了。"原来你们在这里呀!我还跑到马里奥家去找你们呢,可是你们不在……!"

有一次,她听见弗格森在电话里大叫,声音盖过了房间里的嘈杂声。"嗨,托尼吗?你派人去买一加仑廉价红酒来。那场每月一次的飓风又刮过来了。是的,就是你知道的那个。"

人群中立即传来一阵反对的尖叫声。"这家伙一个人在打什么算盘呢,他给我们最好的竟然是廉价红酒!"

"香槟!香槟!香槟,不然我们就回家去了!"

"好吧,都回家去吧!"

"就冲你这句话,我们不走了!不了……"

她穿好衣服,不确定地拍了拍自己的脸颊,四周看了看。从化妆室到工作室只有一扇门。她转过身,把门打开一条缝,偷偷地向外张望。屋子里已经黑压压一片,像蜜蜂一样了——或者他们就好像蜜蜂一样焦躁不安,到处乱哄哄的。有人拿进来一种弦乐器,正在卖力地弹奏,但似乎并不擅长。那乐器有点波希米亚风格,很显然他们不想要任何机械音乐。一个姑娘在模特台上跳舞。

她瞅准时机，等从化妆室到工作室门口那条通道上人最少的时候，悄悄地走出来，径直从房间的这个角穿到另外一个角，试图趁人不注意的时候溜出去或者至少不引起人的质疑。不过，这是一次注定失败的尝试，有人大声喊道，"看！黛安娜！"大家像是商量好了一样，一起朝她拥过来，她一下子被卷进人群中，仿佛被卷进了一个漩涡。他们完全不顾传统礼节。

"多漂亮呀！哦，看呐，多漂亮呀！"

"她就像一只小羚羊般在颤抖。哈，索尼娅，你为什么不会再像那样为我颤抖了？"

"我会的，亲爱的，我还会；不过只会笑得颤抖，每次看到你都会。"

当第一轮评价和赞美结束后，她设法把弗格森拉到一旁说："我得走了……"

"为什么呢？"

"我不想要所有这些人……不想让这些人看见我……我不习惯……"

他理解错了："你的意思是，因为那幅画的缘故吗？因为画的是半裸吗？"他觉得这个想法很可爱，立即扯着嗓门在众人面前重复了一遍。

大家也都觉得可爱。他们一直寻找的就是那个东西，就是那个不寻常的东西。这让人们重新拥到她身边。那个叫索尼娅的姑娘抓住她的手，保护似的握紧她的手，对着它吹了一口气，仿佛在珍惜这手拥有的某种不可触及的美德一般。"哈，她还这么单纯！"她同情地说，语气中完全没有嘲讽，"不要紧，亲爱的。只要跟我的吉尔待十分钟，你就会习惯了。"

"你以前就是这样吗？"有人问她。

"不是，"她耸了耸肩，"他当时和我待了五分钟，他就习惯了。"

他们都是好意。弗格森把画布转过去靠着墙壁。"谁都不许看那幅画。谁都不许多想！"

"她肩部以下已经画完了！"另外一个人叫道。

"她就是一个半身像。"索尼娅热心地补充道，然后又马上抓住她的胳膊说，"我不是说俚语的意思哟，亲爱的。"

如果她的不安真的像他们说的是因为这个原因的话，她绝对会去克服这种不安，因为他们所有人都那么热心，努力让她感觉在家一样随意。可是这种不安的原因不是这个，所以它一直悬而未决。最后，她终于勉强同意远远地靠着墙坐在地板上，一杯没有味道的红酒放在她旁边，一个热情的年轻人正靠着对面的墙在吟诵自己填的无韵诗。她被动地坐在那儿，但是她的双眼一直在计算着，测量她和工作室门口之间的距离。她的双手突然像痉挛似的抓住地板，慢慢地把门往外推开。

"啊！"那位无韵诗人欢欣鼓舞地说道，"最后一句让人深受感动。它的美刺透你的心房。我能从你脸上的变化看穿。"他错了。

科里刚好出现在房间的对面,站在入口处那边;显然,他被派对吸引而来,任何的派对都能吸引他,即使那些要让他大老远跑到城里去的派对也不例外,就好像是警犬嗅到了要追踪的气味一般。

时间在空气中凝结,几秒钟的时间就像几个片刻一般,片刻时间又像几个小时一样。她的双眼——为了躲避,目光落在地板上——缓慢地、不情愿地落在那个越来越大的人影身上——那个人影突然直接停在她前面。

"等等,让他先吟诵完,"她用压抑的嗓音说道。人们此刻比以往任何时候都更加欣赏那位年轻人洋溢着热情吟诵的无韵诗,今后估计也再没有人会那样欣赏了。

带着滚花边的厚鞋底,鞋尖处绣着深棕色的布洛克雕花。一双十美元的鞋子。接着是一双长腿,穿着绒毛花呢布做成的长裤。那双手——从它们能判断出来,不是吗?还没有弯曲。一只手的大拇指插在大衣外侧口袋里,另一只手随意地夹着一根香烟,放在腰上面一点儿。这只手的小指上戴了一个图章戒指。后脑勺的头发金光闪闪,但是只有通过间接的方式才能看清。上身穿着有两粒扣子的夹克衫,最上面的扣子没有扣上。那张脸要出现了,那张脸要出现了,不能再躲闪了。那领带、那衣领、那下巴,最后就是那张脸。正当最后一句无韵诗念完,两幅表情终于融合了。

接着，从离他们俩挺近的某个地方，传来弗格森快活的声音："黛安娜，现在让他摊牌！"

她缓缓地站起来，靠着墙仿佛陷入了困境，她将背往墙上再靠了靠，好支撑她的双腿站起来。"我可能不能，"她朝着那个声音传来的方向说道，眼睛却没有朝那边看，"除非你告诉我他的底细——并且除非你介绍我一下。"

"你总算来了，这就是你的答案！"弗格森嘲弄他。

科里的目光没法从她身上离开。她也没法把双眼从他身上离开，好像担心下一秒他就会从他们的视线中消失一般。他说："咱们不开玩笑，我是不是以前见过你？"

即使她愿意给一个答复，即便她想要回答，这答复也会淹没在房间里朋友们友好的嘲笑声中。"看看，有蛾子在那里飞来飞去！"

"你应该再练练那个搭讪技巧。"

"难道那是"伟大恋人"最拿手的吗？"

索尼娅语气里带着她那种特有的热心风格，向某人提供情报似的大声说道，"对呀，你难道不知道吗？这就是中上层阶级跟姑娘们搭讪的方式。我有个去过城里派对的朋友曾经告诉我，一个晚上，有人对她说过三次这样的话。"

科里以自己的方式和他们一起大声笑着，双肩抖动，面部肌肉也随之颤抖，一切都很幽默地与之协调，唯独那双充满冰冷怀疑的眼睛不肯从她身上移开。

那双眼用针刺般的目光瞪着那姑娘,让她紧贴在墙上,她轻轻地摇了摇头,带着一种遗憾的否认微微笑了笑。她在那里站了一会儿,然后从角落里走出来。他迫使她回到了房间中央,他的脑袋有意识地转动去寻找她,他的双眼有意识地跟随着她每一个漫无目的的步子。她好不容易在工作室的另一边躲了一会儿,几乎把他们俩中间的所有人都当作庇护,以此来缓冲。十五分钟后,他又盯上她了。他为她端了一杯红酒,作为接近她的借口。她看见他为自己端来一杯酒时,表情好像变得有点僵硬,她抑制住强烈的感情,仿佛他接近她的这个礼节和接近的这个事实当中都存在某种危险。

他终于走到了她身边,把酒端给她,她瞪大了双眼,似乎害怕接过那杯酒,又害怕拒绝;害怕把它喝掉,又害怕把它放在一旁不去品尝——无论她怎么处理这杯酒,仿佛都闪烁着某种记忆,带来一种惩罚。她终于接过那杯酒,放在嘴边碰了碰,然后用手把它端走放在身后,让它安全地离开了视线。

他不安地眨着眼睛说:"当我把那杯酒给你的时候,我差点就想起什么来了,但是马上又记不起来了。"

"你这是在折磨我啊,别这样!"她闪耀着一种意外的野性。她转身离开了他,走进化妆室。整整过了大概十分钟左右,他甚至跟着她走进了化妆室。房间里没有不正当的行为,此时化妆室已经向派对开放了。

她一看见他走近化妆室的门口,就开始忙着在镜子面前给自己扑粉补妆。就在那时候……

他走到她身后。她在镜子里看着他,但是看起来好像又没在看他。他站在她的身后,伸出双手,放在她脸颊的双侧,仿佛试图消除勾勒出脸庞的茂密的黑头发。面对这种待遇,她屏住呼吸,一动不动地站着。"你这是做什么?"她假装认为他是在爱抚。

他叹了一口气,放下了双手。毕竟,他的双手不能盖住她的整个头。

她转身站在他的身侧,双手抱在胸前,低垂着脑袋,不安地摩擦着两只胳膊的大臂。那个姿势莫名其妙地暗示着一种忏悔,不过她不是在思考忏悔的事情。她是在记忆中搜寻弗格森那把锋利的小刻刀放在附近的哪个地方。她是在想象中看见隔壁房间里的人群。也许,她还在想从化妆室到工作室外面那扇门的直接逃离线路。

他点燃了一支香烟,透过烟雾,他说话了:"如果不是这样,就不会像这样困扰我了。"

"事实不是这样,"她没精打采地说,她的语气里带着危险的迟钝,眼睛仍然看着地面。

"我最后会弄明白的。在我最不期待的时候,它就会突然在我脑海里闪现。也许是五分钟之后,也许是今晚,派对结束之后不久;也许好几天我都想不起来。怎么了?你的脸色有点苍白。"

"这里太闷了,还有那红酒。我不太习惯……尤其是空腹喝,你知道的。"

"你还没吃饭?"他问道,用一种过度担心的语气。

"没有,我一直在摆造型,你知道的。然后,他们就闯进来了,之后我就没能离开了。他似乎没有感觉到,可是我自从上午十点钟到现在什么都没吃呢。"

"哦,呃,要不现在跟我出去吃点东西?尽管我到现在似乎还并没有真正成功……"

"我为什么不跟你去呢?我对你一点也不反感。我心怀感激地接受所有人请客。"

"不要对其他人说什么,否则他们会联合起来反对我们的。"

"好的,"她赞成道,"最好是不要让人看到我们离开……"

"你的东西都拿好了吗?我有个帽子放在那堆东西上。我去看看能不能捞回来。你到门口去等我吧;我会找个机会跑过去的。"

他们巧妙地准备马上离开,并且不希望别人注意,结果事与愿违。索尼娅偶然嘎吱地走过,她的身后升起一阵香烟的烟雾,就好像从火车头的烟囱里冒出来向上升腾。"和他在一起的时候,自己当心点。"她率直地俯在她肩膀上说。

她身后阴暗的身影轻声说着,眼里闪烁着光芒,"我会确保他不会表现得太过分——告诉我,他觉得他以前在哪里见过我呢?"

"万一你栽在他手里的话,这里——记下我的住址——你可以明天过来,到我那里好好哭诉一番。没什么可以比大哭一场更好地洗刷一次引诱带来的耻辱了。然后我再给你做一碗我自己特制的'孟婆汤'。"

"我会小心的。"

索尼娅并不是那种轻率的人,完全不是。"不是的,我之所以提醒你小心他,是因为他的方法太直接了,以至于没有人认真地对待——直到最后事发。我以前认识的一个姑娘——一个晚上,在派对上,她整晚都没把他的话当回事儿。当时,她只让他把自己送到家门口而已。可是,第二天,她就来我这里喝孟婆汤了。"她说完又扭着腰走了,留下一缕烟雾在她身后翻腾汹涌。你简直好像听见一列火车呼啸而来一样。

他们已经走到外面楼梯的脚下了,又被人阻止了。他们身后响起一阵大声的蜂拥,听起来有六个人在追逐。实际上,只有弗格森自己。"喂,你可以去别的地方觅食吗?我需要她当模特帮我完成一幅画。"

"你拥有她的灵魂吗?"

"没错!"

"好吧,那么,我就只把这副身躯带走。你可以在画布上面找到她的灵魂。"

弗格森坚决地理了理自己的领带。"好吧,那我们俩都和这副身躯一起去吧。"

他们表面上虽然没有言辞刻薄,但是两个人都处在那种活泼善变的思想状态,在恶作剧和敌意之间已经不再有明显的界线了。

那姑娘偷偷地拉了一下科里的胳膊,仿佛在告诉他让她来打发,她把弗格森拉开了几步,走到科里听力所及范围之外,对他说:"我跟他去——把他打发走。这是目前最简单的办法。看看你能不能把屋里的其他人都打发走了。我一会儿就回来,我们一起把那幅画作完成。或者说你这里还有喝不完的酒?"

"那个红墨水?那不是酒。"

"好了,那就别再喝了。我一个小时后回来——最多一个半小时。确保到那时候你已经把他们都打发了。到那里去等我吧。"

"这是承诺吗?"

"这不仅仅是承诺,更是一种献身。"

他转过身,一句话也没说,步履沉重地走上楼梯。

科里戳了一下墙上的开关,一间公寓里小客厅的灯亮起来了。"你先进。"他带着某种嘲笑式的绅士风度说。

她无聊地朝客厅里走了两步,双眼无心地四周环顾,并无任何真正的兴趣。"呃,我们现在来这里干什么?"她突然问。

他脱下帽子随手往客厅里一扔,并没有什么东西接住。"你好像不那么容易进入状态,是吗?"他说着,薄嘴唇上带着烦恼,"你非得要去完成那幅造型图吗?"

她立即把脸转向肩膀一侧："别那样说。我讨厌那个词儿。"

她继续向前走了几步来到一个黑暗的入口。"那里是什么？"

"另一个房间，"他不高兴地说，"如果你想的话，自己进去看看。我提醒你，你心太急了。我们来这里还不到十分钟呢。"

房间的灯亮了，她从他眼前穿过。房间的灯灭了，她又回到他在的地方。他晃了晃玻璃杯底的黑麦威士忌。"你是不是害怕极了？"他嘲笑道，"那是一间卧室！"

她的喉咙里似乎发出了一种嘲笑的声音："你好像才是那个害怕的人。你在做什么，用那玩意儿来给自己打气吗？"

"我们五分钟之后再来讨论这个——如果你还有力气问的话。"

她朝一个高脚柜走去，打开柜子的一两个抽屉。"书桌，"他尖刻地说，"你知道的，四条腿，可以用来写字的。"

他放下酒杯，"我直话直说吧，请注意，当你同意和我一起到这里来的时候，你到底打的什么主意？我第一次向你提议，你就非常乐意。"

"因为你不乐意看见我回到自己的地方，所以我不如接受你的提议。我乐意先发制人，仅此而已。"

"那你的地方有什么让你如此牵挂的呢？"

她抽出第三个抽屉，又把它关上。"你觉得呢。我亲爱的老母亲。我靠当模特养活一个六个月大的孩子。或者，可能正好洗脸池裂缝漏水了。"

他突然松开衣领,衣领上的扣子飞掉了。"哦,你的背景太糟糕了,我可以许给你一个美好的未来。这就是我们的工程了——现在。"

她打开第四个抽屉,低头一看,微微笑了。"我早知道在这个地方会有这么个东西。我在衣柜里面的抽屉里看见一盒子弹。"她拿出一支自动手枪。

他继续往前走过来,领结也歪掉了。"放下那玩意!难道你想制造意外事件吗?"

"我没有意外。"她平静地低语。她在一只手掌上测量武器的长度,摆弄着扳机。

"枪里有子弹,你这该死的笨蛋!"

"那你就别想从我这里把它抢走,那样的话,总是很容易走火。现在,也已经没有安全可言了。"她把枪放在自己前面的桌子上,但是手指没有离开扳机。他认为,她不会用这支手枪对他造成伤害。他从后面拦腰将她抱住,将她的脸压在自己的脸下。她的手一动不动地停在桌子上,整个过程都扣住手枪。他的脸终于移开了——他自己得呼吸——而她的脸也看得见了。

她表情痛苦地用另外一只空闲的手在脸上抹了一下,这个动作伤害了他的自尊,"不要亲我,你这个傻子。我不是出来求爱的。"

"那你出来干什么?"

"不干什么——至少跟你无关。你身上没有我想要的东西,你没有什么……吸引我的。"

她的态度让他像一只遇到柴火的六月虫般萎缩了。他用力地把双手插进口袋,力气大得都差点把口袋给插破了。手枪从桌面上滑下来,她悠闲地朝门口大步走去,手枪挂在她勾着的手指上。

"把枪拿过来。你想把它拿到哪儿去?"

"只带到门口。我不了解你的底细,但我要保证能从这里出去。等我出去了,我会把它放在门槛里。"

他的声音颤抖着,充满了男人的愤怒。"如果你那么想走,你就走吧。我可不是那么手头紧的人。"他听见门开了,便快步走进那个入口玄关处,发现那支枪正嘲讽似的躺在门槛上。他还能听见她下楼梯的声音——不过是从容的脚步声,而不是慌张的声音。就连脚步声都不肯为了他那受伤的自尊让步。

"我一定会摸清你的底细!"他愤怒地冲她身后喊着。

她的回答从楼下传来:"你最好感谢自己还没弄清。"

他用力地将门重重关上,那力气好像一枚炸弹爆炸般,把房子都震动了。他抓起空的威士忌酒杯,重重地砸到地板上。他拿起一个瓷制烟灰缸,把它也砸碎了。他用天底下各种骂人的话骂她,唯独没有说她是谋杀者,他连想都没有想到那个词。他用各种脏话骂她,唯独没有说到正确的那个。

不到一小时后,漆黑的卧室里突然亮起了灯,仿佛在拍一张闪光的照片,照亮了穿着颜色鲜艳的条纹睡衣的科里。他躺在一堆乱糟糟的被子上，一只手伸出去把床头灯打开了。他眯起眼睛避免强光照射，在床上躺了这么长时间之后，眼睛一下子没法适应光线。他的头发乱糟糟的,好像是那种定制的重复性数字按摩一样。一堆香烟头堆在他身边的烟灰缸里，他最后又在里面加了一个烟头，带着一种得意扬扬往下戳的动作，表明它终于完成使命。"该死，我知道我好像在哪里见过她……"他思绪杂乱地喃喃自语道。

时钟走到3点20分。

就在这时，发现的启示彻底击中了他，他瞪大双眼，一下子从床上坐起来。"她就是那天晚上和布利斯在一起的姑娘！她已经杀了一个人！我得立马提醒他要小心！"

他光着脚跑到外面去，从客厅里拿来电话簿，坐在床上开始翻找，他的手指沿着F那列往下找，在弗格森的电话那里停下来。

他又看了一下时钟，3点22分。"他肯定会以为我疯了，"他犹豫地低声说。"明天早晨起来第一时间打给他也来得及。我也不知道到底是不是同一个姑娘；另外一个女孩头发的颜色是黄色的，好像一只黄油杯，而这个女孩的头发却像乌鸦一样黑。"

接着，他又重新下定决心，"在这种事情上，我一辈子都还没错过。一定得告诉他，我不管现在是晚上几点！"他把电话簿扔到一边，光着脚回到客厅，开始拨打弗格森工作室的电话号码。那头的电话一直响，没人来接。他最后挂断了,用手抓了几次头发。到了这个点派对肯定已经结束。也许弗格森晚上不睡在工作室里。

他肯定睡在里面的,他一定是。科里记得见过他房间里有床。

"唉,他有可能跟其他人一起去别的地方了。只能等到早晨了。"他又上床去了,把灯关了。两分钟后,灯又亮了,他赶紧穿上裤子。"我不知道我为什么要这么做,"他试图为自己找个理由,"可是联系不到那个家伙,我就睡不着。"他套上外衣,简单快速地打好领结,关上门出去了。他走下来,招来一辆出租车,把弗格森的地址给了司机。

他不得不承认,理性上来看,他没什么理由这么做。他肯定会成为朋友们的笑柄,他们最温和的解释可能会说他喝醉了,脑子有点不正常,大半夜跑过去告诉人家:"小心,你的模特要杀你!"但是,他被某种非理性的东西控制了,他自己也没法解释清楚。一种预感,一种征兆,一种对即将发生的危险的感觉。如果弗格森出去了,他会留下一张便条:"她是布利斯被害死的那晚和布利斯在一起的姑娘,我现在记起来了。小心她。"至少让那家伙有机会保护自己。

他终于站在了工作室门口,他敲了敲门,没人应答,就像没人来接电话一样。他注意到某些东西,证实了他的预感:弗格森不仅在这里工作,也住在这里。一件小事,一件细微的事情——一只空牛奶瓶放在门口的一旁。那就足以说明问题了。牛奶瓶不会在你走之前放在门口,而会在回来之后放。他在屋里,他肯定在屋里。此刻,科里有种无法驱散的厄运当头的预感。

他下楼去，不顾人家的愤怒，把楼里的主管保安叫醒。

"没错，他在工作室里睡觉。但是，他可能出去了。他们这些艺术家有时候整晚都不睡觉的。你到底为什么这么兴奋？"

"你帮我把那扇门打开，"科里用不容分辩的语气喘着粗气对他说，"如果我错了，我会承担责任。但是，如果你不上楼帮我打开那扇门，我是不会走的，明白了吗？"

楼里的主管一路嘟哝着和他上楼去，钥匙在他手里发出叮叮当当的声音，在那里发出无用的声音，最后门被打开了。科里知道开关在哪里，他伸手把灯打开。两个人站在那里看着灯光下长长的影子，直至黑色天窗格子倾斜下来的最远端，黑夜开始的地方。

科里只说了一句："我就知道是这样。"他声音越来越弱，仿佛被掐住了喉咙。

弗格森躺在那里，面朝画布。那邪恶的钢银做的箭头从他的背部凸出，穿过他的心脏，他的跌倒使得箭头又一次更深地穿入他的胸膛。他们把他的尸体翻过来，在前面，箭头正好在箭杆的正确角度，带羽毛的那端已经因摔倒而折断。当箭头飞向他的那一刻，他肯定恰好正面对着模特台，所以箭头才能像那样射透他的心脏中央。

在他上面是沉思着的女猎手黛安娜，杀手黛安娜——此刻她的脸孔不见了。那折磨科里的面部特征消失了。画布上原来的脸部，被一个椭圆形的洞代替，是用雕刻刀割出来的。那把弓——此刻已经是松散的绳索了——嘲讽般和谐地放在模特台上的一个角落里。

科里若有所思地说:"我没及时赶到,她故意拖住了我。他肯定是晚上很晚了还让她摆造型,好把这幅画完成。"

"你觉得这是怎么回事?"楼道管理员喘着气问,对科里肃然起敬。他们已经打电话报警了,正站在门口等警察过来。"是不是她抓住的弓弦不小心滑掉了,箭头就飞出去了?"

"不,"科里低声说,"不是。女猎手黛安娜活过来了。"

弗格森案的事后剖析

"接着她像这样跑过去了,"科里描述时,仿佛在为自己的重新扮演进行热身,他好像任何一位训练有素的演员面对一位富有同情心且对他演的角色感兴趣的观众那样投入。每次他说话,叼在他嘴角的香烟都会随之而动。他穿着长袖衬衣,背心敞开着。他的动作过于激动,一缕头发掉下来盖住了他的前额。

"接着说。"万格点头示意。

"然后,她开始像这样一个个打开抽屉,啪——啪——啪。该死的,我当时竟然没明白她想干什么。我当时只是以为她在拖延,让自己的双手有点事做,你知道的,就像女人们那样打发时间,直到我抱住她，拥吻她。就这样，她正好打开了那个有枪的抽屉，然后她就把枪拿出来了……"

"等一下，等一下……"万格突然从他的椅子上站起来，迅速做了一个讨论的姿势，"不要碰它。也许我们能从它上面采取她的指纹。自从她碰过之后，你自己有没有经常碰它？"

科里那只被铐起来的手像一只爪子一样悬在手枪上面。"没有，只是把它放回去了。但是，我还没跟你说完她后来拿着枪做了什么……"

"好的，不过让我先把它包起来，我想找人检查一下它……希望你同意。"

"请便。"他往旁边站了站，这时万格拿出一块手帕，用它伸进抽屉，然后包着手枪放进口袋。

"我会确保让你拿回这支枪。"万格保证道。

"不急。只要能帮上忙，我就非常开心了。"表演重新开始，"所以之后，她拿着枪便轻而易举地走了。我仔细检查了，并且给了她那个老牌的烙铁，而且……"突然之间他看起来真的非常愤怒，尽管这只是一个概述——"竟然没奏效。"

万格点了点头，带着一种男人独有的理解。"她当时什么也没拿。"

"她当时什么也没要。她说，'我不想要爱，我不想要吻，'说完她就走到门口去，带着枪，就这样。我跟着她，她已经走了，把枪留在门槛内,她已经下楼了。所以,我在后面冲她喊,会用整个晚上弄清楚她是谁的,然后她冲我喊回来,'最好感激你还不知道我是谁。'"

他义愤填膺,嘴角四周说得都起了白沫,"如此这般,我真想揍她个鼻青脸肿。我并不介意一个女人疏远我,只要她害怕就行。但是,让我抓狂的是,一个女人站在你面前,同时还那么淡定!"

万格完全能够明白他的意思,从某种程度上来说,他被哄骗了,而她这个杀人魔骗子的心里一清二楚,而且眼看着到嘴里的食物却飞走了。至于万格对这件事情的个人感情投入——他完全没投入任何个人感情——他喜欢这个小伙子。

他用指甲敲了敲椅子把手。"就我看来,在回去杀害她心里一直记恨的那个家伙之前,她之所以表现得乐意跟你出来,有三种可能性:第一,她想先把你除了,这样你就没有机会提醒弗格森,破坏她快要得手的大生意。她跟你来这里后,发现你还记不起来她是谁,所以她改变了主意。她把你从派对引开,这是最重要的事情。她当时肯定算好,在你想起来在哪儿见过她之前,她会有足够的时间回那里干完那件事。第二,她来你这里,只是想得到那个武器,然后用这个武器杀害他。不,这点不成立。我脑子里突然想到两件事情。她把枪留下来,放在门内。好吧,第三就是,你在派对上纠缠他,她害怕你会在其他人离开之后继续逗留,搅黄她的计划,所以她就用除掉你最简单的办法,故意挑逗你,把愤怒的你留下。"

科里觉得最后一个猜测好像有点伤害他的自尊，不过他还是忍受了。

"我觉得，第一和第三个猜测综合起来比较接近事实，"万格说着，准备起身离开。"她和你来这里，因为你惹恼了她。如果你最后认出来她是谁，她就会用枪毙了你，但是如果你没有，她就会放过你。你当时确实没有认出她，所以她放过了你。明天再过来，行吗？我想跟你一起再把整个事情仔细回顾一下。只要找我就行，万格是我的名字。"

他回到总部时，天已经破晓了，不过总部附近的黎明——无论里外——都不太美。他累了，不过这个点也正是人类生命力最弱的时候。他走进长官那间没人用的办公室，躺进桌子旁边的一把椅子里，把头一下子埋进双手。"为什么那个该死的女人会出生在这个世界上。"他静静地呻吟道。

没过多久，他抬起头，把她放在科里家里的那支手枪拿出来，放进一个马尼拉纸袋文件夹里，把文件夹封好，在上面潦草地写了几个字，字迹简直难以辨认："看看你们能不能从这上面帮我找到什么有用的信息。万格，——管辖区。"

他拿起电话。"帮我派一个信差过来，好吗？"

"这个点儿附近没人。"前台警长回道。

"那找一个人，随便谁都可以。"

十分钟后出现的一个新手真的一点经验都没有，简直像头蠢笨的牛。

万格评论道，"他们从哪儿把你给挖出来的？"不过，他是压低嗓门说的，毕竟谁都会有感觉。

"你怎么用了那么长时间才过来？"

"我走错了几次房间，这幢楼有点复杂。"

万格透过迟钝的双眼看着他。"把这个拿过去，替我交进去。是一支枪。他们知道该怎么做。"然后，他忧虑地问，"你觉得，你能找到那里吗？"

那个菜鸟自豪地咧嘴笑了。"哦，肯定能。因为我对附近比较熟悉，所以已经被派去那里两次了。"他转过身，错误地走到门的另一侧去了，因为门上没有把手，只有铰链。他抬头上上下下仔细看着门缝，仿佛这条门缝跟他开了一个肮脏的玩笑。接着，他弄明白了问题的所在，他转身面向把手的地方，抓住门把手，但是他仍然没把门打开。

"把你的脚挪开，"万格带着天使般的耐心教他，"你的脚挡住门了。"他太累了，懒得冲这家伙发火。

四十八小时后，在总部，万格开始了对科里再一次更加详细的询问，"你现在还肯定前一晚对我说的吗？"

"肯定。她和那个姑娘——在玛乔丽·埃利奥特订婚派对的那晚，就是两年前布利斯被害死的那晚——穿黑衣的姑娘，有着同样的眼睛、嘴巴，实际上所有地方都是，除了头发。我敢发誓，她们就是同一个人!"

"你的证词我是双倍地欢迎!不仅仅是因为它本身重要,而且因为它证实了我自己一直以来对这系列案子持有的个人理论:那些女人其实就是同一个人。我要补充一下,这个理论其他人并不认可。"

科里紧握拳头,捶在桌面上。"要是我当时早点明白过来,弄清楚那幅画像到底是谁就好了!但是我没有及时明白过来。"

"毫无疑问,你本来可以救他的命,哪怕你当天晚上早一个小时发现。但是,这些空隙给了她作案的时间。事实上,你坚持说在哪里见过她,反而迫使她加快实施作案计划,让一切来得更快。她认出了你,看到了危险,意识到她有一个不利于作案的截止时间。所以,她动手了——也许可能就是在你打第一次警告电话的前几分钟!他是在凌晨3点21分死的。他的腕表在他倒下的时候停止了。"

"我当时是在3点22分或者3点23分的时候给他打的电话。我在房间里看过时间的!"科里表情极度痛苦地说道,"那时候箭头肯定还正在穿过他的心脏,他甚至还没有倒在地上!"

"你不要再想了,"侦探试图为他打气,"现在都过去了,一切都太晚了。让我感兴趣的是,你可能能给我非常重要的帮助;你是我一直以来在这个案子上渴望找到的人证,现在我得到了。终于在这四个男人中有两个人之间有联系。你不认识米切尔,对吗?"

"是的，我不认识。"

"莫兰呢？"

"也不认识。"

"即便不认识其他人，但至少你认识他们中的两个人。你是我们发现的第一个处在那种位置的人证，第一个可以将这两个篇章联系起来的人。难道你看不出来这对我们的意义吗？"

科里看起来有点怀疑："可是，我不是在同一时间认识他们俩的。我只是八个月前在一个鸡尾酒派对上遇到弗格森，认识他。那时候布利斯已经死了。"

万格的脸僵硬了："这么说来，即使是通过你，这两人之间的任何联系也可能只是道听途说而已，也不是直接的。"

"恐怕是这样的。即使是布利斯，我也只是在他去世之前一两年认识的。当时，他和弗格森互不相干，在各自的轨道上生活。"

"他们之间有没有什么问题？"万格警惕地问道。

"没有，完全不同的世界，仅此而已。不同的职业，所以有不同的兴趣爱好，一个做中介，另一个搞艺术。他们一旦开始确定他们的模式，就完全没有接触的点。"

"他们两人中有没有人提起过米切尔？"

"没有，我能回忆起来，从来没有。"

"莫兰呢？"

"没有。"

"好吧，米切尔和莫兰也在某个地方牵扯进来了。"万格顽固地说。"不过，我们先不管他们两个，先从现在确定的两个人入手。现在，我想让你帮我做这件事：我想让你搜寻你的记忆，翻一翻这两个人提到过彼此的每一个具体细节——布利斯提起过弗格森，弗格森提起过布利斯——并且努力回忆他们提到彼此的时候有什么联系，也就是他们谈论什么主题或者话题：女人、赛马、金钱、不管什么。明白了吗？我的想法是：这四条生命之间肯定有某个交点——也许还有其他生命。但是，既然我不知道其他人是谁，那我先专注于到目前为止我知道的这四个人。如果我一旦找到那个交点，我就可能从那个点开始往前追踪到那个女人，因为我还不能从这些案子本身追踪到她或她之前的作案动机。"

万格对他的上司报告：

"事实上，为了清除障碍准备行动，我打算做的在你看来可能是自杀式的，致命的。我准备从我的思虑中完全去除那个女人，将她清除掉，就当她从来都不存在。无论如何，她只是让事情变得模糊。我准备把精力集中在这四个男人身上。一旦我能找到他们之间的连接点，她就会自动重新进入这个局，也许那时候她的动机就会变得清晰了。"

他的上司怀疑地摇了摇头："至少可以说，这是一种倒追法。她制造了谋杀案，不把精力集中在她身上，却要集中精力去调查死者。"

"为了自我保护,她会永远躲着我们,她已经躲了我们将近整整两年了。如果从一扇门进不去,那我们就从另外一扇门进去。即使这两扇门并不通往同样的房间,至少我们进去了。"

"好吧,那就努力进去吧,哪怕是从烟囱也得进去。"他的上司悲伤地催促道,"现在唯一不能让这件案子成为一个重大案件的原因,就是无论局里局外,都没有人认同你的观点,认为这四个案子彼此相互联系。大概都被发生在四个不同情况下的四个不同案子给哄骗了,大家被同一个罪犯四次不同时间作案哄骗,却没有得到什么启示。"

万格正从总部的楼梯下来,正好碰到科里准备上楼。科里抓住他的胳膊:"等等,你就是我想要找的人。"

"这个奇怪的时间点,什么东西把你给带到这儿来了?我正准备回家呢。"

"我一直打牌到现在,听我说,还记得你让我回忆我能回忆起来的那些事情吗——弗格森口中的布利斯,布利斯口中的弗格森?呃,有个东西跳进我脑海,所以我立即离开了牌桌。"

"太棒了。快点进来,让我们听听。"他们转身,一起上了楼。万格把他带到后面一个没有人的房间里,打开灯。"如果我回家晚了或者早了会挨批的,"他悲伤地坦白,"所以再晚半个小时不要紧。"

"现在,我不知道这是不是你想要的,但是至少我想起来了一点什么。我想立即告诉你,以防我忘记了。一些联想让我想起来了一些事。今天晚上我们在玩梭哈牌游戏,有人放了一堆炸薯条在桌子上,然后说,'没法和你一起吃'。这让我想起了弗格森。有一晚我们在他的工作室里玩扑克牌,我记得他当时也放了一堆薯条在桌上,还说了同样一句话。当时,他的那句话让他想起了肯·布利斯——而那就是你前天告诉我你想要的东西。

"明白这是怎么回事儿了吗?联想,那些曾经被去除的。他说,'我还没有一只像这样的手,因为我过去属于'周五魔鬼俱乐部'。我说,'什么是周五魔鬼俱乐部?'他说,'肯·布利斯和我还有其他几个人以某种非正式的形式绑在一起,形成了一个扑克牌俱乐部。这个俱乐部既没有会费,也没有特许状,类似的东西都没有;我们只是每周五聚在一起——那天正是我们大多数人的发薪日——打梭哈游戏,每一次都是在不同的人家里。然后,我们所有人都会挤进一辆我们集资购买的汽车,半醉半醒的时候去城里寻开心,引起骚乱。'

"这就是他所说的,正好当时,那个庄家要装满周边和桌子上的废牌。这个对你有价值吗?"

万格重重地打了一下科里的肩膀,用力过大,科里不得不抓住桌角来保持身体平衡。"这是我拥有的第一个突破!"

万格对上司说:

"布利斯和弗格森,他们俩都属于一个扑克牌俱乐部。那听起来没什么，对吗？可是，那是我说过的，想要的线索，所以我不会放弃我的观点：这两条生命原来是有某个交集的。"

"那给了你什么启示？"

"单独一根线索还不足够。两条交叉的线就会结实得多。如果在同一个地方多缠上几根线，你就会得到可以承受重量的东西。网就是这样织成的。

"现在，我得做很多辛苦的工作。我得找出日期，也就是年份，看看这个小型业余社会俱乐部是什么时候开始绑在一起的。除了布利斯和弗格森，我得找出俱乐部里的其他成员。我得找出他们每个月每周五聚在一起的具体日期。等我找出来了，我要仔细地核查这些日期，看看能不能从里面找到什么线索，就像弗格森说的那样，他们半醉半醒的状态，在城市里面撒野。说不定，它有可能出现在某个偏僻的警察局的卷宗里面。接下来，如果我把所有这些都布置好了，我再从那点开始入手追踪这个女人。那时候，我就会有支点，不会像现在这样悬在半空中。"

"除了所有那些之外，"他的上司同情地但是非正式地说道，"实际上你并没有什么事可做。你准备怎么打发你的业余时间？"

十天后：

"有没有什么进展？"

"有，像蜗牛一样的速度。我已经找到了年份，找到了'周五魔鬼'的另外两位成员。但是这里面有一个盲点我不是很喜欢。

如果我不能尽快查清楚的话，它有可能让整个调查线索都毫无意义。"

"什么盲点？"

"没有米切尔。他不是这个纸牌俱乐部的成员，他的名字不在其中。我已经查过那些布满灰尘的警察卷宗，我最后得到了一点线索，就像我认为我可能会找到的那样。一个周五晚上，四个人开着车，因其醉酒和不检点的行为、鲁莽的驾驶被刑拘，他们路过一个厚玻璃窗时扔了一个空酒瓶把玻璃砸碎了，最后还敲翻了一个消防栓。为此，他们每人都在教养所里关了六十天，被迫弥补损失，当然，他们的驾照也被吊销了。这次的案宗上出现了三个名字：布利斯、莫兰和弗格森。感谢上帝，他们也都给了正确的名字。但是，第四个人的名字是个新的——霍尼·韦瑟。而且，我也从案宗上找到了他们当时的住址。现在我更容易追踪这个霍尼·韦瑟，当时四人中的另外一个成员。但是，如果米切尔是纸牌俱乐部的成员，他当时也应该跟他们挤在一辆车里，而且他是被谋杀的四个人中的一员。所以我非常害怕，这个纸牌俱乐部跟这几起谋杀案没有任何关系，那么我就是在缘木求鱼了。"

"米切尔有可能那天晚上正好生病了，或者他醉倒了，在他们出事之前就已经被送回家去了，又或者他可能那天就不在城里。我是不会放弃的，我会像你那样继续追踪下去。至少这是一条接近的明线，总比什么都没有强。"

一周后。

"你现在进展如何,万格?"

"你没看见我脸上的这副表情吗?那就是一个准备跳河的人才有的表情啊。"

"够好的了!只不过是第一次开始清除这些神秘女子杀人犯而已。之后,我会亲自开车送你到一座桥上去,甚至还会帮你付掉丧葬费。"

"玩笑的话不说了,长官,那很可怕。自从上次跟您汇报之后,我已经把事情查清楚了。现在,我已经彻底完成了,一件都没有遗漏。我甚至填补了米切尔的那个盲点。可是,虽然我完成了——它却完全没有意义,它对我们根本没有帮助!这几桩谋杀案,每一桩自身都有着相同的不利条件:看不出任何作案动机,从头到尾,是被刺激谋杀。他们所做的没有什么是罪大恶极的,也不足以对任何人造成伤害,以至于有人事后要对他们进行流血报复。"

"动机可能会出现,只是你还没发现而已。不管怎样,让我听听你的报告吧。"

"我试图按照那天晚上他在四重审问时留下的地址,追踪这个霍尼·韦瑟,第四个成员。可我却完全找不到他。他好像从地球上消失了。我只能追踪到他之后一年的行踪——天知道,他经常搬家!然后,他似乎就从视线中消失了,就好像这个女人自己那样,彻底消失了——只有等待她下一次再出现!"

"他从事什么职业？"

"好像一直以来都是待业。他整天都坐在自己的房间里，在一个打字机旁边敲打，这是他最后一个房东太太告诉我的。之后，他便离开了那里，再也没有在任何地方出现过。"

"等等，或许我可以在这件事上帮你一把，"他的长官说，"待业——在打字机旁边敲打；或许他想成为一个作家。作家有时候会改名字，对不对？你是否得到了他的相貌特征？"

"是的，相当准确的描述。"

"你把他的相貌特征拿去，问问几个不同的出版机构，看看是否正好有人认识。那么，米切尔方面怎么样？你说已经弄清楚了。"

"是的。他原来是他们经常去的一个酒吧的服务员。他们不止一次开车带他去兜风。我猜测，主要是因为他可以从老板的橱窗里骗来一些酒，然后每次都带酒给他们。所以，尽管他不是俱乐部成员，但是他却常常跟他们在一起，喝完酒之后就去四处胡闹。这点至少让我整个调查线索没有断掉，就像我之前担心的那样。那些周五晚上在车上流的眼泪仍然是他们生命的交叉点。但是，主要的困难还在。他们似乎没有犯下任何给他们招来杀身之祸的罪过，这就是我们现在面临的困难。"

"这点你确定吗？"

"到目前为止，在那一个时间段里，在这个城市辖区范围内的所有警察局的记录都查过；我甚至还查了附近几个偏远的社区，都没有相关记录。"

"可是，难道你不知道，有可能是当时逃过了警察的注意，否则的话，他们就不会到今天还逍遥法外了？肯定是某种罪行，没有让他们记录在案。"

"不只是那样，"万格若有所思地说，"我刚想到——有可能是一种连他们自己都没意识到是犯罪的罪行。好了，我也找到一个方法去查明这点。我会翻看当时发行的每一张报纸，尤其是他们聚在一起的那些日期。肯定会在某张报纸上，隐藏在那里，藏起来，看起来似乎跟他们毫无关联。那就是图书馆存在的意义了。从现在开始，我就要去那里了。事情变得越难，我就要越努力地去解决！"

万格打电话给指纹部：

"喂，那该死的枪是怎么回事？你们把它弄丢了吗？我还在等报告呢。"

"什么枪？你从没给我们送来过枪啊，你到底在说什么呀？"

不连贯的吱吱声，这时，一个男高音突然喊起来了："我从没什么？我派人给你们送去了一支枪做检查，天知道是几个星期之前，从那之后再没有看见你们送过来！我还等呢！那可不是一个圣诞节礼物，你知道吗！你们那地方到底是干什么的！你们这些家伙应该把枪给我送回来，难道你们不知道吗？你们这一群废物！"

"听着，大嗓门的家伙，我们不需要任何人来告诉我们工作的内容。你他妈的以为你是谁啊,警察特派员吗?如果你派人送了枪给我们检查,我们就会把它送回去!我们怎么可能把一开始就根本没收到的东西给你送回去呢?"

"听着,不要跟我凶,不管你是谁。我得有支枪给我送回来,我需要它!"

"噢,查查看你的任务,看看你是不是把它给忘记了!"

啪!

三周后,一位成功的畅销作家的都市家园:

"福尔摩斯先生,房间外面有位先生坚持一定要见您,他不肯改时间。"

"你非常清楚,我不能见人!你在这里为我工作多久了?"

"我已经告诉他您正忙着在机器上写作,但是他说已经刻不容缓了。他威胁说,如果我不进来通知您,他就自己进来。"

"萨姆在哪里?打电话给萨姆,把他赶出去!如果他再给你找麻烦,你就打电话叫警察!"

"可是,福尔摩斯先生,他就是警察。所以,我觉得最好进来,让您……"

"该死的警察!我猜,是不是我在消防栓旁边停放车辆的时间太长了,还是什么别的事情?正好现在我在写整本书中最大的场景。你知不知道,这会儿来打扰我,我得从最后一个记录的结尾完全重新开始?我很抱歉这样做,但是特拉斯洛小姐,你已经破坏了我第一个也是最不可动摇的原则,当你第一次来这里为我工作时,我就一而再、再而三地跟你强调过这点。不能在我创作的时候来打扰,哪怕是我周围的房子起火了也不行!我恐怕,今天之后,我不能再用你了。你把手头那点文字打完,然后萨姆会给你算工资,你准备回家吧。

"就是这个家伙吗?你什么意思,自己闯到这里来,并制造这样的困扰?你到底想跟我说什么?"

万格(轻声地):"你的命。"

第五部 福尔摩斯,最后一个

我感觉,椅子后一个幽灵站着

脸上带着冷漠而残酷的微笑

了无生命气息,一动不动

——莫泊桑

神秘女子

　　宿舍房间里有四个人,每个人都穿着不同类型的睡衣。一个已经舒展地趴在床上,下巴和两只胳膊在床边摇晃。一个坐在窗台上,用一只脚尖踮在地板上保持身体平衡,好像一个冻住了的芭蕾舞者。第三个人坐在地板上,紧紧抱着她高耸的膝盖,下巴枕在双膝上。第四个也就是最后一个,唯一出声的一个,在椅子上。不是以通常意义上的那种坐姿坐在椅子上,她整个人平躺在椅子上面,就像一块围毯那样。她的双手肘撑在一只椅臂上,双腿搁在另一只椅臂上。身体则沉入在椅子上通常用来坐人的那个中间部分,一本书搁在身上,没有东西支撑,随着她的呼吸一起一伏。

那时候，书本正相当迅速地一起一落。

"'云冷杉树林中间有一间小屋在等待，它需要一个女人的抚触，朱迪丝小姐。'他说。"

"她害羞地笑了笑，把头埋进他的胸膛。他强壮的双臂缓缓地环抱着她。"

到这里，读者自己的双肩也开始心醉神迷地抽动，仿佛它们正被书中的主人翁拥抱了似的。她含情脉脉地让书本滑落到地板上。"我敢肯定他本人就像那样，"她朦胧地狂想着，"强壮而可靠，又有一点腼腆。你们注意到没有，他从头到尾一直都是叫她'朱迪丝小姐'，那是不是一种礼貌？"

"我敢跟你打赌，他并不是那么有礼貌。"

躺在椅子上的女孩非常高兴地说："你最好不要打赌，我已经留意到，从第一章后，他就不再那么正式了。"

躺在床上的姑娘说："她肯定享受得很。"

"昨晚我梦见他了。他把我从一座即将塌陷的圆顶建筑中救了出来。"

另外三个姑娘都窃笑，"他还做了什么？"

"当时就梦见这些了，八点的钟声把我吵醒了——真讨厌。"

"再传一支烟来。"有人说。

"只剩下一根了。"

"哦，那有什么关系？明天晚上我们会得到另一包。"

"是的,别忘了下一次轮到你去把它拿进来。我提供了这包。"

"好的,没问题。我们只要再把窗户打开就行。如果烟雾飘进了大堂,然后老弗雷泽来了的话……"

躺在椅子上的那位深深地叹了一口气,这让她立即成了众人的目标。"你还没有遇到任何让你兴奋的人,还没有什么令人兴奋的事发生,你为什么就要显得那么老成呢?"

"她还在想着他呢。"

"你怎么知道他就没结婚呢,或者他已经有三十二个孩子了?"

"我知道他没有,他不可能结婚了。"

"为什么他不可能结婚?"

"因为那太不公平了。"

"可怜的姑娘,我不喜欢看到她这样受折磨。"

那个躺在床上的姑娘不耐烦地说:"噢,她也就光会嘴里说说,仅此而已。如果她什么时候见到人家的面,可能就不知道该做什么了,或许会在地板上找个地洞钻下去。"

躺在椅子上的那位轻蔑地反驳道:"会那样吗?我倒要给你们露一两手。很快我就会让他牵着我的手一起出去吃饭。"

躺在床上的那个贬低她的女子嘲讽道:"我敢打赌,你会害怕得出不了这扇门。"

"我保证,如果我下定决心就能做到!你想下多少赌注?"

"你想赌多少?"

"我赌下个月家里寄来的全部生活费!"躺在床上的那个女生恶毒地看着她,"好的,我也跟你赌下个月的生活费。现在要么你继续读你的书,要么你就闭上你的嘴再想他。我都已经听腻了。"

"没错,别再提这事儿了,"其中一个比较有同情心的听众建议,"你继续像这样子渴望下去没有用。"

躺在床上的那个怀疑论者说:"她回来的时候,我们怎么知道她说的是实话呀?"

"我会带证据回来的。"

"带一个他的领结回来。"其中一个姑娘打趣地说。

"不,那不好,我想到一个更好的东西。她得带回来一张他俩的合照,两人站在一起的那种。"

"而且他的胳膊要搂着她,"坐在窗台上的那个姑娘补充道,"得让我们的钱花得值呀!"

"哼!"躺在椅子上那个男人杀手轻蔑地说道,"这些都好办,不过最精彩的部分照片是拍不下来的。如果我真的打算去约他,说不定他就跟我回到这里来了。"

"你准备怎么离开这里?"

"我会把一切都考虑周全的。我已经梦想这件事好久了,在法语课上或者类似的场合,所以我知道该怎么做。你们知道老顽固弗雷泽小姐最害怕流行病了——如果你的脸上出现两个她没法马上去除的红点的话。这时候,我的人就可以立即离开了……"

"你最好能赌赢，"一个站在中立角度的姑娘同情地说，"否则你就得整整破产三十天——你可别妄想我们会借给你零用钱。"

那个坐在地板上的姑娘突然跳起来："弗雷泽！"她轻声地警告道，"我听见走廊里有她的脚步声！"

房间里立即陷入一阵慌乱不安的移动，所有人都朝不同方向跑。其中两个通过连通门跑到隔壁房间，逃回她们自己的区域。坐在窗台上那个姑娘立即跳上了前面还是空着的床上，消失在厚厚的被窝中。

只剩下躺在椅子里的那个还在吸着烟。她快速地熄了灯，红色的烟灰在黑暗的周围变成了电光螺旋，寻找着一个着陆点。"这个拿去！这个拿去！"她激动地低语道。

"你拿着！"冷酷的回应传来，"你是最后一个拿着的人。"

那香烟在开着的窗户外面形成了一条抛物线，被子又一次掀起了波浪，接下来便是一种令人恶心的沉默。片刻之后，一个冷酷的、警惕的脑袋出现在被阴险地打开的走廊门后面。那脑袋怀疑地闻了闻空气，保持那个不确定的姿势一两分钟后，终于出去了，是被打败了，而不是被说服的。这个脑袋也出现在隔壁房间，从那里离开之后，隔壁的房间里迫不及待地开始了一场压低嗓门的对话。

"你不觉得她有点奇怪吗？我是说，她并不像我们几个，她看起来年龄比我们大。"

"是的，我也注意到了。"

"毕竟这里并没有人真正了解她。报到的时候，她的父母甚至都没有把她送过来。我听弗雷泽小姐说她是通过邮件申请报名的，而且是因为有人极力推荐，她才被录取的。她到底是谁？她到底来自哪里？她也是在这个学期中途，不知从何处突然就来到我们中间。"

"噢，她是转学过来的。"

"哦，那是她自己说的。"

"从没有人见过她的家人。而且她也从来都没有像我们一样收到过家书。"

"为什么她对那个愚蠢的作家那么疯狂？我看不出他有什么了不起的地方。"

"他在离这里不远处有一块农庄；也许这就是她来这里的原因——为了接近他。"

"也许她根本就不是一个女学生。"

一阵沉默，令人毛骨悚然的猜测。

"那她是谁？"

福尔摩斯

福尔摩斯的跑车像往常一样以蜗牛的速度往前爬行,紧贴着马路外侧的边沿,德国牧羊犬笔直地坐在他的副驾座上,这时一辆出租车飞驰而过,朝着同一方向前行。他习惯性地像那样慢慢地开车,帮助他思考。他觉得每当他独自开着车到外面去透气,毫无目的地慢慢前行,都能收获很多。

当然,他不是非常肯定,但是他似乎看见刚才过去的那辆出租车后排坐着一位姑娘。他这样认为的原因是,那姑娘的后脑勺正好放在插在后面的小椭圆形镜子正中间。如果有两三个乘客的话,他们通常会更加均匀地分布在座位上,而不是像这样。

等他走进那条通往他地盘的捷径小道时,以它行走的速度,那辆出租车应该早就不见踪影了,可是令他惊讶的是,当他爬上最后一个山坡的时候,它还在他的前面。此刻,它正不稳定地懒散地向前走去,仿佛由于它乘客的缘故,正在听从于一种互相矛盾的命令。

正当它开到了小径的对面,路边立着一张提示牌:T.福尔摩斯,私家路,不准通行;三个词语在听觉上完全像是来自提示牌的尖叫声。下一秒,出租车车门打开了,一个姑娘的身影既不是跳下车,也不是身体滚进路边柔软的草坪;她一个完整的筋斗翻身,然后正好在路边停下来了。出租车加速,沿着马路呼啸而去,红色的尾巴恶毒地瞪着她。

片刻后,福尔摩斯的车慢慢地开过来,停在对面,他下了车。此刻,她正坐在路边,双手抓住她的脚背。德国牧羊犬不顺从地留在车上,仿佛那是他的初恋,而不是他的主人。

"你受伤了?"福尔摩斯朝她俯身问道,扶着她的两只胳膊,帮她站起来。她靠着他立即步履蹒跚地走起来。

"我站不起来了,怎么办?"

"最好先到我那里去,就在那边。"

他把她扶上车,沿着那条私家路开了小段距离,在一座经过改造适合城里人居住的典型农舍前,他又把她扶下车。即使到那时候,那只狗似乎也没有足够的感觉要跟着他,直到福尔摩斯转身冲它咆哮:"快点进来,你这个笨蛋。你想干什么,整晚都待在外面吗?"狗越过汽车的边沿,独自朝门口走去,有一种不属于任何人的氛围。

一个黑皮肤的用人,听见门上的门环重重叩击的声音过来开了门。他问候了福尔摩斯,言语间透露一种二人长年相处培养出来的亲密感。"呃,你有没有为伤脑筋的那章找到一个好结尾啊?"

"我确实有了一个,"福尔摩斯似乎有点生气地说,"不过,它马上又从我的脑海中溜走了。这位年轻的女士遭受不幸的事故,你帮我扶她到椅子上坐着吧。然后去外面把车开进来放好。"

两个人扶着她来到一间长长的松树板镶嵌的客厅,客厅占据着整个房间的深度,客厅的一边是一座用鹅卵石做成的、从地面延伸到屋顶的巨大壁炉。也就是说,壁炉本身是到屋顶那么高,壁炉口略与肩膀同高。她来到一把大椅子前面,椅子里面放着厚厚的垫子,椅背上发着橙红色的光亮,她准备在这把椅子前面停下来,坐上去。那个黑皮肤的用人立即猛地拉着她继续往前走了几步。"不是那个椅子,那是他的灵感椅。"

坐下来后,福尔摩斯透过火光仔细地打量着她,壁炉的火光衬托着天花板上流水形的灯光,灯光不太亮,从这点来看,这显然是先前留下来的。

她年轻,可是唯一的事实就是,她身上的一切似乎企图传达一种完全相反的印象,不让人看出她到底有多年轻。十八岁;从外表看也顶多十九岁。在她还是一个小孩子的时候,她的头发可能是金色的，现在变成了栗棕色了，但头发里面仍然泛着金色。她的双眼是蓝色的。刚才她滚到地上的时候，身上沾了不少树叶和嫩枝。她大略地拍了拍身上的叶子和树枝，好像她不愿意影响它们，直到她肯定他已经注意到她的狼狈形象。

"发生什么事了？"萨姆一离开去看车子之后，他立即问道。

"平常的事。不管什么时候，当你看见一个女孩不等车停下来就自己跳下车，你就可以得出自己的结论了。"

"可那是一辆城里的出租车，不是吗？"他觉得那种事情似乎离他很遥远。

"那车上的思想也就是城里人的思想。"她似乎不想再多谈论那件事。

"我想，我们最好是能找个医生来看看你的脚。"

她对这个提议没有表示出任何特殊的渴望。"如果我待着不动，也许它就会自己消下去。"

"可是我看，好像一点也没有下去。"他指出。她把脚往后抽了抽，藏在第一只脚后面，这样它的轮廓就不会这么明显了。

萨姆回来了。"萨姆，离我们最近的医生是谁？"

"我估计是约翰逊医生。他不认识我们。如果你需要，我可以试着去找他。"

"已经很晚了，也许他不会愿意过来，"她提到。

萨姆回来汇报说："他半个小时后会到这里来。"

她说："噢。"语气里有种平淡。

没过多久,他们还在等医生过来,她说:"我总是在想你是什么样子的。"

"噢,这么说,你认识我?"

"谁不认识您呀?我读过您所有的作品。"她深情地叹了一口气,"想都不敢想,今天竟然可以在这里与您共处一室!"

他转过脸去:"不要再说那东西了。"

"而且至少你就像你原本的样子,"她继续说,并没有被吓住,"我的意思是,那些人书写了那么多精力充沛的野外的东西,实际上他们自己都像包裹在毯子里的骨瘦如柴、贫血的小家畜。你至少刻画出一个人物,可以让姑娘们全身心地投入。"

"你大概是听了太多胡扯了。"他厌恶地告诉她。

她的目光游离于用橡建筑的天花板上,天花板上闪烁着海浪般的光线。"你是一个人住在这个大房子里吗?"

"我到这里来工作。"如果说这句话里包含了某种温柔的暗示,她还是没有领会。

"这个壁炉真大!我肯定,你都可以站在里面了。"

"以前,人们习惯于把整只羊羔和火鸡放在里面烤;那些挂钩都还在烟囱里面呢。这个壁炉简直太大了,要把它给点着实在要花太长时间了。我准备重新改造它,把它弄小一点儿,在里面装一个顶和新的四壁。"

"哦,是的,我看见四周都有裂缝了;我猜是里面有石头的缘故。"

萨姆朝壁炉火中扔了一根重重的拨火棍,这时候医生敲门的声音响起。他把拨火棍靠着石头放下,走出去迎接他。福尔摩斯跟着他走进客厅,欢迎医生。他觉得好像听见她在自己身后发出痛苦的啜泣,但是医生进来时的大声动静把它淹没了。

片刻后,他们进来了,她的脸扭曲了,脸上的血色似乎全部消失了。那根铁的拨火棍横着躺在地上,好像因为自身的重量倒在了地上。

"让我们看看,"医生说。他用手指轻轻地摸了摸,她的脸部抽搐了一下,发出一声模糊的叫声。医生舔了舔舌头:"我要说,你那里挫伤得很严重!不过,没有扭伤,更像是那些小软骨被砸碎了,像是某个重物掉在脚面上了。用一个纱布包起来,你要让这只脚休息一两天,让它有修复的机会。"

尽管她眼角里缓缓流露出痛苦的余光,但她给福尔摩斯的表情里似乎有种胜利的感觉。

医生走后,他说:"我不知道该怎么办。火车站离这里有四十分钟的路程,可我不知道今晚还有没有火车。我可以亲自开车送你回城,但是我们到那里得到明天早上了。"

"我不能留下来吗?"她渴望地问,"我不会打扰你的。"

"不是那样。我是单身,而且我一个人在屋子里。即便是萨姆,他也是睡在外面车库里的。"

"哎哟。"她轻描淡写地回应道,"有那只狗的陪伴就足够了。"

"哦……呃……你家里人不会担心你吗,如果你在外面过夜的话?"

她喉咙里响起一种像是被噎住的笑声。"哦,当然会,到现在为止已经三天了。他们住在新墨西哥。等他们听说我不在家的时候,我已经又回到家了。"

他看了萨姆一眼,萨姆也看了他一眼。"萨姆,把地下室那间有个简易床的房间收拾一下,给这位女士住吧。"最后他说。

"我的名字叫弗雷迪·卡梅伦,"坐在椅子上那个长着娃娃脸的人主动说,"你知道的,是弗雷德丽卡的简称。"

他们默默地坐在那里,等着萨姆把房间收拾好。福尔摩斯一直盯着地面,她也一直盯着他,带着一脸毫不掩藏的孩子式的坦率。

"你为什么把那些来复枪和霰弹猎枪都堆放在角落里?"

"因为我不工作的时候就会经常去打猎。"

"这些枪里都有子弹吗?"

"当然都有子弹。"他等了一会儿,接着补充道,"一旦开火,这些武器的反冲力非常大。"

"晚安,福尔摩斯先生和女士。"萨姆说完后离开了,他随手把身后的门关上。

沉默变得简直像棉花一样柔软,像是那种可以在嘴巴里品尝到的东西。"我们为何不说点什么?"大约一刻钟过后,她提议道。

他的双眼从她身上闪过,然后又看着地板,像是作答了似的。这轻微的改变里面带着一种谨慎的东西。她防御似的扭过肩膀,看着身后。"关于这个地方的某些事情,触动你的事情。就好像……有什么事情要发生。"

"好像是。"他草率地同意了她的看法,然后站起身来,二话没说,把她一个人留下。他带着一种痛苦的熟思走上楼梯,脑袋低着,仿佛在仔细地听着什么。一块烧尽的木头灰在壁炉里爆开,他的肩膀摆好架势,然后又放松了。接着,那沉重而油滑的寂静又回来了,消除了瞬间的声音。他的门在楼上某个地方关上了。

萨姆进来时看见他们俩一起坐在餐桌旁。

"这是什么?"他带着一种假装的愤怒大声问道,那愤怒中潜藏着对这件事的怄气。

"二号小伙子今天早上捉到的。不过,她运气不好,他不会吃。"

"他在想一个计谋呢。"萨姆暗示道。福尔摩斯吃惊地看了他一眼,仿佛这句话精明得令人不安。他拿了一块香肠放进杯子里,然后放在地上。德国牧羊犬走过来,津津有味地吃着。

"哦,那情节完成了没有?"她突然很想知道。

"还没完成,"福尔摩斯说。他一直盯着狗,"不过之后肯定会完成的。"他端起杯子,一口气喝干了,伸手又问她要了一些。

他站起来,给她扔去一句话。"今晚见。"然后就去客厅了。

"他跟你说今晚见,是什么意思?"她茫然若失地问萨姆,"那我该做什么呢,一直隐形直到晚上?"

"他现在要去创作了。"萨姆跟着他走进去,仿佛为了把一切处理妥当必须有他在。她站在门廊里看着。萨姆调整那张"灵感椅",让自己的脑袋朝椅子竖起来,重新把椅子调整到毫厘不差。

"难道这把椅子每次都必须在完全相同的位置吗?"她惊讶地问道,"我猜,如果有两英寸的偏差,他就不能正常思考了?"

"嘘!"萨姆专制地让她安静下来,"如果没有与地毯上那根对角线保持平行,就会让他分心的。"

福尔摩斯正站在窗户旁边往外看,已经沉浸在这思想的世界。他突然做了一个挥手的动作。"出去!灵感现在来了。"

萨姆带着一种可笑的匆忙,蹑手蹑脚地走出去,非常激动地在他面前朝她做动作。她在关着的门外站了一会儿,毫不害臊地在那里偷听。福尔摩斯的声音从一种低沉单调的噪音中传来,他正对着口述听写机说话呢:

"切努克带着雪橇狗继续前行,穿过一片雪地荒野,面对着潜藏在他皮毛大衣下的一张保护的面具……"

即使在那刻,萨姆不会让她安静:"别站得那么近,你肯定会把地板弄得吱吱作响。"

她很不情愿地转过身,一瘸一拐地拖着她那只穿着拖鞋的脚。"事情就是这么做成的。细节上肯定不能有半点的变化,甚至他椅子站立的角度都不能有变化。"

萨姆让自己保持平衡,手里拿着表,站在门外,一只拳头向上竖起,成击打姿势。他等待着,直到第六十秒钟过去,他才把拳头放下。"五点了!"他警告地叫道。

福尔摩斯憔悴地走出房间,头发乱糟糟的,衬衣上的扣子一直开到肚子处,袖口也开着,鞋带散着,甚至连皮带扣都没有系好。坐在门口靠鹿茸角衣帽架旁边的一个拘谨的、胆小如鼠的小个子中年女人站起来。她穿着一身很不得体的花呢套装,戴着一副金属框架的眼镜,灰白色的头发被紧紧地扎进一个难看的小发髻里,发髻垂在脖颈后面。

"福尔摩斯先生,我是新来的打字员。特伦特先生说他希望,我能比上一个他派给你的打字员更令人满意些。"

那个姓卡梅伦的姑娘已经从她的房间来到门廊,站在他们的对面,被他出现的声音吸引。

"恐怕已经造成了损失,"他瞅了她一眼说道,"你准备留下来吗?"

"是的。"她指指放在身边地板上的一只格拉斯通牌的旧包包。"特伦特先生解释的时候说,这个工作可能得住下来慢慢做完。"

"好吧,我很高兴你过来了。我已经在机器里录完了六章。我不知道你的速度有多快,但是至少你要三四天的时间才能赶上。"

"比起速度,我打字的时候更加准确和勤勉,"她拘谨地让他知道,"在我打出来的稿子上面,从来没有放错位置的标点符号,这点很值得我自豪。"她软绵绵地交叉着双手,放在她的面前。

"萨姆,带……我还不知道你名字。"

"基奇纳小姐。"

"把基奇纳小姐的包拿到前面二楼的房间里去。"

当他一个人的时候,那个卡梅伦姑娘朝他走来,脸上带着一副阴沉的、不悦的表情。"这么说,将会有一个莉迪娅·平卡姆和我们一起住一段时间了。"

"你好像有点不高兴。"

"是的。"她也不是开玩笑,她正在生闷气,"女人喜欢管理一个地方。这是一种理想。"

他意味深长地看了她一眼。"我估计也是。"他平淡地说,最后转过身去。

萨姆后来说:"我们这里现在竟然来了一连串的女人!福尔摩斯先生,这之后,你要不最好回城里去工作吧,那里又好又安静。"

"我有个主意,可以让她们很快就离开。"福尔摩斯回答道,他正站在镜子面前整理头发。

萨姆拿出小食盘后,他们三个人坐下来。弗雷迪·卡梅伦脸上还带着那种不悦的表情。让他觉得好笑的是,在整个用餐的过程中,她都试图给另外一个女人这种印象:她才是这个家里的合法成员。

"萨姆。"他叫道,黑仆回到门廊里,"多久没有给你晚上放假了？"

"很久了。但是，在这里晚上放假也没有用，这里没有地方可去。"

"告诉你我的计划。我可以请客让你到城里去玩。等下我傍晚出去转的时候，开车把你送到车站去。你到城里之后，我想让你到城里的家里去一趟，到公寓里拿点东西来。"

"我肯定愿意！但是，福尔摩斯先生，我不在你身边能行吗？"

"为什么不行？你明天晌午就回来了。卡梅伦小姐可以为我准备早餐，就像今天早晨这样。"

她的脸还是打字员到来之后第一次放晴了："我可以吗？"

"而且等我早上准备好工作的时候，我也会自己生火。你看，这里有够多的木柴了。"

把他那位忠心耿耿的随从送到车站时，将近晚上十一点了，他独自缓慢地驾车回到家。那只德国牧羊犬还是像往常一样疏远，坐在他旁边的副驾座上。农村寂静得像坟墓一样，路上空无一人，这次没有快速而过的城市出租车。他自己把车放好，用自己的钥匙把门打开。真奇怪，他是那么习惯地让萨姆为他做这些琐事。那个卡梅伦姑娘正站在楼梯脚下听着。楼上传来一声像是害怕的、低声的啜泣。

她不可思议地笑了笑，用大拇指指了指楼上："那个老女仆要抛弃你走了。"

"你的话什么意思?"

"她正要收拾行李离开呢。她有点神经过敏。有人从她的窗户扔了一块石头进来,警告她离开这里。"

"你为什么不上楼,至少可以安慰一下她?"他厉声地问道。

"我没必要这么做。她穿着一件1892年的法兰绒睡衣跑到我这里来,几乎是跳上我的大腿寻求保护。你现在听到的还只是一个预告片呢。既然她那么想离开,我就帮她查查看火车班次吧。"

"如果你没有那么做,我也不会太吃惊。"

她像是没听见这句话。"肯定是一些搞恶作剧的孩子做的,你觉得对吗?"

"毫无疑问,"他说着上楼去了,"这方圆几英里的地方也不会有这种事情发生。"

基奇纳小姐正在往她那只格拉斯通包里装行李,旁边一瓶嗅盐散发出淡淡的气味。桌子上放着一块拳头大小的石头,石头旁边放着一张包着它的纸,上面用铅笔粗糙地写着:

明天早上之前离开这里,否则丢了性命你后悔都来不及。

窗户玻璃有一小块被砸碎成星星形状。

"你不会让这样一件小事把你吓到了吧,对吗?"他建议道。

"哦,这种事情发生之后,我今晚都不敢眨眼了!"她抽着鼻子说,"事实上,我晚上都很紧张的,即使在城里也一样。"

"事实上,这只是一个玩笑而已。"

她不确定地停止收拾行李："你觉得会是谁……谁呢？"

"我不能说，"他果断地说，好像是要打消她继续追问下去的念头，"你当时有没有往窗外看看，当时到底谁在下面？"

"哎呀，没有！我一看完这纸条，就跑到楼下去逃命了。我……我现在感觉好多了，福尔摩斯先生，因为你回来了。这屋里还是得有个男人在……"

"哦，"他说，"如果你已经感到害怕和不安，我不想再强迫你留在这里。我愿意开车送你到火车站，你还有足够的时间赶上十二点一刻的火车。等我回去，你下周可以在城里做打字的工作。这完全取决于你。"

他提供的逃跑大道显然正合她心意。他看着她的表情，几乎是渴望地看着她那打开着的行李包。然后，她深深地吸了一口气，双手抓住床沿脚，仿佛在支撑自己站起来。"不，"她说，"我被派到这里来为你做这份工作，而且我还从来没有让别人交托给我的事情半途而废的。我会留下来把工作做完的！"不过，她又偷偷地看了一眼那被砸碎的玻璃，完全出卖了她刚才表达的勇气和信心。

"我觉得你会没事的。"他平静地说，嘴角上露出了一点点的微笑，"那只狗是一个非常有效的保障，没有人能从外面进来的。而且我自己的房间就在走廊的那一头。"他转身离开，然后又转过身从门廊里对她说，"我衣柜的抽屉里有一把小来复枪；如果你会感觉舒服一点儿,我可以找出来,让你今晚拿着它放在身边。"

她发出一种反感的吱吱声,立即朝他摆手:"不,不,那会让我更加害怕,我最害怕那个东西了!我受不了看见任何形式的武器,我害怕死那些东西了!"

"好吧,基奇纳小姐,"他安抚地说到,"你决定留下来,表示了你无比的勇气,尽管并没有什么真正值得担心的事情——我也不会忘记替你在特伦特先生面前夸奖你这点。"

那个卡梅伦姑娘在客厅的一个角落里,手里拿着一支来复枪,没多久他意外地出现在走廊里。他下楼的声音可能比他想象的还要轻。他双手反在背后,把外套上的下摆撩起来,不让它拖在地上。"如果我是你,我不会像只猴子一样拿着那个东西当玩具。我想,我昨晚已经告诉过你,这些枪里都有子弹。"

她看着他,犹豫了片刻才把枪放下。她甚至转过身,手里拿着枪正面对着他,不过枪是横着放在自己的身上。他没有动。他的双眼里有一种舞蹈素质,仿佛他那男性的协调性已经准备好随时满足一个即兴而来的动作需要,但是他丝毫没有表露出来。

她把枪靠在墙上放好,炫耀地搓了搓双手:"对不起。我想做的事情好像都错了。"

他的双手也松开了,外套的下摆展开了:"噢,没有,我不会那样说。你想做的一切都是对的。"

他在那张"灵感椅"上坐下来。她不确定地在椅子后面徘徊。"我是否打扰你了？"

"你的意思是现在，还是总体而言？"

"我的意思是现在。总体而言，我确实打扰你了，这不用有人告诉我。"

"没有，这会儿你没有打扰我。我不介意你现在在这里。"

"在这里你才能密切注视着我。"她帮他把话说完，带着一种讽刺的嘲笑。她的双眼朝天花板示意了下："她决定留下来了？"

"让你非常遗憾。"

她精心地叹了一口气："我们俩人根本不能很好地理解对方，或者说根本就不能相互理解。"

那是他们俩说的最后一句话。壁炉里的火已经灭了，只留下石榴石一样的灰烬，像港口一样的黑暗。房间其余的地方都是蓝色的影子。只有两张脸凸显出来，仿佛衬托在四周阴暗背景上的苍白的椭圆形。一只蟋蟀在外面低压而来的天鹅绒般柔软的沉默中唧唧地叫着，把这座房子窒息得仿佛一根羽毛支架。

最后他站起来，而你能看见站起来的只有他那张椭圆形的脸庞，他身体的其余部分已经被黑暗吞噬。他走出去到楼梯上，能够清晰地听见他走在楼梯上的步子是缓慢而沉重的。她还继续待在那里，陪伴她的是那些深红色的灰烬和那些枪。

他随手把房门关上，但是没有开灯，在漆黑的夜色中很难辨认他。突然，白色亮光微弱地落在了门上，形成两条长长的柱子和一个小小的三角形楔子,他已经脱掉了外套,但是站在门关上的地方没有离开。一张椅子转动了,那道白色的光从上面划过,但是仍然照在门上。一只鞋掉下来一两英寸,发出一点声响,接着另一只鞋子也掉下来了。

门外的蟋蟀继续叫着,屋里的寂静继续,屋里屋外的夜继续着。黎明前一个小时,有一阵微弱缥缈的空气流动似乎进入了房间,但不是来自窗户的方向,而是来自门的方向——为了不让门锁发出任何的声音,他似乎已经把门打开了一条缝隙。在楼下远处某个地方,有一块地板发出吱吱呀呀的声音。可能只是木头从整夜的寒冷中收缩时发出的声音,也可能是鬼鬼祟祟的压力放在了上面。

此后,再没有听见别的动静。好长一段时间之后,又有一段小小的空气漩涡被切断了。屋外,一只猫头鹰在树上呜咽,星星开始失去颜色。

早餐桌上,卡梅伦女孩表现得异常活跃,或许因为是她做的早饭。福尔摩斯下楼的时候,她正无忧无虑地哼着小曲,他就像一个被遗弃的人,长着阴暗的下巴,眼睛下面沾着烟灰。基奇纳小姐比他先下楼,早晨的肥皂和水让她的脸上容光焕发,昨晚那种胆小的表现已经成为过去的事情——至少在下一个晚上到来之前是这样。

"女士们,你们得原谅我了。"他说着,坐下来,用手摸了摸自己砂纸一样的脸庞。

"毕竟这是你的家。"弗雷迪·卡梅伦指出。

基奇纳小姐抿嘴笑了笑表示赞同,仿佛在任何情况下,都没有必要为个人的不修边幅找借口。

那只德国牧羊犬嗅着鼻子来到他跟前,显然记起了昨天。他没有理它。弗雷迪·卡梅伦吸了一口气,她的声音非常小,他几乎没有听见,"今天不测试有没有毒?"

他把椅子猛地往后推了一把。"萨姆中午左右就会回来,继续干他昨天留下的工作。我们现在要到那里去了,希望不会被打扰。"

"我会上楼开始打字的,"基奇纳小姐说,"我想在你房间里肯定听不见我的声音。"

"我会画复活彩蛋。"弗雷迪·卡梅伦不高兴地说。

他关上客厅的门,扔了几块木头到壁炉里,在木柴堆下面点燃了一堆报纸。他揭掉了放在桌上的口述记录机上面盖着的油布,他尽自己最大的能力把它调整好,但还有一种迷惑的不确定性,仿佛萨姆经常代他照顾这个细节,还有所有其他的东西。他注意到,那张"灵感椅"与地毯上的斜对角线还有一点出入。他微微地调整了一下,自己微微地笑了笑,好像在嘲笑他自己个人的特异品质。接着他拿起连接在机器上的话筒。万事俱备只欠东风……

这个设备发出一阵无言的呼呼声,等待着。那必要的思想流似乎不会来了。灵感似乎被堵住了。他无助地看了一眼架子上放着的一排他自己写的书,好像在疑惑他以前是怎么做到的。一块地板在附近某个地方意外地发出嘎吱嘎吱声。他坐在椅子上转过身,朝这所谓的打扰恶狠狠地皱了皱眉头。房间里根本没有一个人陪着他,房门也好好地关着。壁炉里的火焰在他身后蹿得更高了,用热气和深红色的火光充满壁炉的洞穴。

五分钟后,卡梅伦女孩摆着头,发现他的双眼正从门口无聊地看着她的双眼。"怎么了?"她不安地支吾着,"今天上午不用隔离吗?"

"我好像遇到了瓶颈。进来这里,好吗,我想跟你谈谈。或许,那将帮助我开始创作。"

"你肯定你想让我到那个神圣的至圣所去吗?"她几乎有点害怕地想知道答案。

"我确定。"他用坚定的口吻说道。

她走在他前面,整个过程一直回头看着他。他们进屋后,他把门关上,"请坐。"

"那把椅子?我以为其他人都不可以……"

"那是萨姆的说辞。"他的双眼敏锐地盯着她,"椅子之间有什么区别呢?"这个问题似乎有着特殊的意思。

她没有进一步反抗,坐上了那把椅子。他蹲下来,在壁炉里添了一两根柴,这时壁炉的火开始熄灭,好像他得重新生火了。接着,他径直在她对面的一把椅子上坐下来,以前每次她到这间屋就会坐在那把椅子上。他似乎一直在密切注视着她,好像以前从未见过她。

"我该说点什么?"不久,她提议道。

他没有回答,只是一直看着她。一两分钟滴滴答答地过去了;房间里陪伴他们的唯一声音就是来自壁炉的不断增多的嗡嗡声。

"陷入深思,"她嘲笑道。

"让我摸一下你的手。"他出乎意外地说。她懒洋洋地把手伸出来给他。手心完全是干的,手腕很稳定。

他突然出乎意料地用力把她的手甩回去,力气过猛以至于它打到她的胸脯。他站起来,"快点,快离开那把椅子。"他沙哑地说道,"你绝对把我给糊弄了。孩子,你到底是干哪一行的?"

可是,她还没抓住机会回答,他已经跑到门口,把门打开,用拇指示意她立即离开他那里,像是被什么东西刺痛了一样。

"你究竟怎么了?"当她重新回到对面的门口时,她慢慢吞吞地责备似的问道。

"请你避开一会儿,不要再进来这里,无论你听见什么。听明白了吗?"他的嗓音有一些粗暴,他突然用重新获得的都市风格冲楼上喊道:"基奇纳小姐,你能下来一会儿吗,我有话跟你说?"

她那勤奋的噼里啪啦的打字声,像是落在屋顶上的小雨般,突然停下来,她毫不犹豫地来到楼下,迈着她往常那种准确的、爱挑剔的小碎步。他示意她进屋,"你打到那里了吗?"他把门关上,问道。

"我已经把开头那章打完一半了。"她宣布道,脸上带着自鸣得意的笑容。

"请坐。我叫你下楼来的原因是,我想把主人翁的名字改成——不,请坐在那里,就坐在你坐的地方。"

"那是你的位子,不是吗?"

"哦,任何椅子我都可以坐。我跟你讨论这点的时候,请你坐下。"他先发制人地占住另一把椅子,迫使她坐在那张椅子上。她笔直地放低自己的脊柱,像一个死板的人那样只坐在椅子最外侧的边沿上,只接触到大概半英寸的面积。

"改变他的名字会不会给你增加额外的工作量?在你打字的这章里面,他的名字出现过没有?"

她又敏捷地站起来:"等一下,我到楼上去查一下……"

他又示意她坐下:"不,不用麻烦了。"接着又带着一种温和的好奇心,问道:"你正在核对那部分,怎么稿子不在手边就会想不起来呢?好吧,不管怎样,我有时候也会这样,在北方的故事里,读者们习惯于将法语区的加拿大人看作是恶棍,所以可能建议……基奇纳小姐,你在听我说话吗?怎么了,你生病了吗?"

"这把椅子上太暖和了,壁炉里的热气让我受不了了。"

没有提醒,他俯身下去抓住她的一只手,她还没来得及抽回手。"你肯定搞错了。你怎么会说这把椅子对你来说太暖和了?你的手冰冷……而且冷得发抖！"他皱着眉头说，"至少让我说完想对你说的话。"

她的呼吸变得粗糙，声音很大，好像哮喘发作一样："不，不！"

他们两人同时站起来。他按着她的肩膀，坚定地但并不粗暴，这样她又被迫坐在椅子上。这次她试图从旁边扭下椅子。他又一次抓住她，把她按下去。她的眼镜掉了。

"你的脸色为什么如此苍白？你为什么害怕得要死？"

她似乎处在了歇斯底里的极度痛苦中，失去了理智。一把刀意外地从她身边的某个地方飞出来——也许是她的袖管里——穿过椅背朝他刺来。她的手很快，但他的手更快。他用手腕把刀控制住，把它按在椅子上；椅子转动了一点，小刀飞出，擦过她身后那低垂的火幕，掉进了火焰中。

"一个打字员随身带着这样的工具很可笑；你工作的时候用得上吗？"此刻，她几乎是狂躁地反抗着他，似乎有什么东西把她给逼怒了。他正被动地竭尽自己的全力，一只手固定在她的喉咙口，把她囚禁在椅子上。不过，他正站在她的一侧，不是直接站在她的正前方。她独自一个人与壁炉保持一条直线。

"让我起来……让我起来！"

"除非你说出原因。"他咕哝着说。

她突然一蹶不振，似乎是内心世界崩溃了。她突然瘫在了椅子里："那儿有支枪，在那块锌隔板上面——对准这把椅子！炉火的热量会在任何一刻……！一把枪身锯短了的霰弹枪放在里面！"

"谁把枪放在那里的？"他无情地探测道。

"我放的！快点，让我起来！"

"为什么？回答我，为什么？"

"因为我是尼克·基利恩的遗孀——而我来这里是要杀掉你的，福尔摩斯！"

"就这样了，"他简略地说，往后退了一步。

他的手拿开得太晚了。他的手一离开她，她身后就亮起了一道令人炫目的光芒，照亮了他的脸庞，一阵呼啸声，一阵浓烟在她周围旋转，好像是在一阵反作用力的推动下从壁炉里飞出来的。她又一次痉挛似的弹起身来，仿佛还想只通过反射逃跑，接着又泄气了，透过遮蔽她的浓烟瞪着他。

"你会没事的，"他平静地向她保证，"我第二次生火的时候把枪里的子弹倒空了，只留了一些粉末在里面。那台口述记录机救了我的命；你昨晚来这里的时候，肯定不小心擦到了那根杠杆，把它打开了。我录下了整个过程，从地板发出的第一声警告的吱吱声，到替换壁炉顶上的那块锌板。我只是不能判断是你们俩当中哪一个做的，所以我就得让你们两个坐坐那个椅子试试。"

房门被突然打开了，那个卡梅伦女孩吓得发白的脸从门口盯着他们："那是什么？"

奇怪的是，他对这个女孩说话的方式比对椅子上这个女人说话要双倍地简单粗暴,就好像是人们对不为自己行为负责的小狗或小孩说话一样。"不要到这里来,"他咆哮道,"你这个该死的讨厌的家伙,到处索要签名的、英雄崇拜的校园丫头;否则等我出来,让你跪在我面前,打烂你的屁股,再打断你的狗腿!"房门又被迅速地关上了,速度比打开时快两倍,她吃惊地、怀疑地喘着粗气。

他转身回到那个泄了气,仍然瘫在椅子上的女人身边。她似乎被悬挂在空中;她已经失去了一个人格,再也无法拾起。他的嗓子又回到了平常对话的高度,好像是跟成年人交谈的方式:"你准备拿她怎样——如果你得手的话?"他好奇地问。

她还处于震惊的痛苦中,但是她还是勉强挤出一个微笑:"准确地说,根本什么事也没有。她不在我的名单上。她也不会对我产生威胁。我可能会把她捆起来,以方便脱身,仅此而已。"

"至少你在与死亡打交道的时候头脑是很清醒的,"他很不情愿地承认道。他注视了她一会儿,然后走到一边去给她倒了一杯水,没有转身看她,"拿着。你简直像碎成了碎片一样。把自己重新拼凑起来吧。"

她终于摇摇晃晃地站直身子,一只手扶着椅背。接着,一点点的变化发生在她身上。她似乎就在他的眼前一点点变得丰满,她脸色恢复了,身体就像那些简笔画一样——它们曾经被送给一个叫库克·莫兰的小孩。那生命力,那不可消灭的东西又流回到她身上。基奇纳小姐不是那种冰冷的、好像老处女一样的人,而是那种更加温暖、更加阳光的东西。尽管她的头发还是富有艺术气息地镶嵌着灰白色的条纹，并且紧紧地扎在后面，那个谨小慎微的基奇纳小姐的最后残骸似乎已经剥离了，像是一块透明的玻璃纸包装一样从她身上掉落。她好像是一个更加年轻、更加富有活力的女人。一个无所畏惧的女人，一个懂得如何优雅地承认失败的女人。但是，那是一种充满了复仇心理的优雅，即便到了这个时刻也是如此。

"哼，福尔摩斯，除了你之外，我已经把所有人都搞定了。尼克会忽略那点的。毕竟，我只是一介女流。来吧，叫警察吧，我已经准备好了。"

"我就是警察。福尔摩斯几周前已经被转移到一个安全的地方去了，他现在正躺在百慕大呢。从那之后，就是我在扮演着他，替他生活，撕掉他那些旧书的封面，把它们对着口述记录机重读一遍，等着你出现。我担心那只狗会出卖我；它明显地表明我不是它的主人。"

"我本应该注意到那点，"她承认道，"过度自信肯定让我大意了。对付其他所有人都像钟表装置一样进展顺利——布利斯、米切尔、莫兰和弗格森。"

"小心，"他冷淡地提醒她，"我把这一切都录进去了。他指了指那台口述记录机，那台机器又发出微弱的嗡嗡声。"

"你以为我是那种为了利益，试图掩盖罪行，试图赖账逃生的普通罪犯吗？"她的表情里有一种无法言表的蔑视，"关于我，你还有很多需要学习的！我以此自豪！我想要站在屋顶上大声宣布，我想要全世界的人都知道！"她快速走了一步来到录音机器旁边，她对着话筒凯旋般地提高了自己的嗓门："我弄死了布利斯！我给米切尔下了氰化物！我把莫兰活生生闷死在密室！我用箭射穿了弗格森的心脏！这是朱丽叶·基利恩在说话。你听见我说话了吗，尼克，你听见我说话了吗？你的债得到了偿还——除了一人之外，所有人的都还了。好了，侦探，那就是你的案子。现在，来报复我吧。对我而言，那只是一次嘉奖！"

"请坐一下，"他说，"不着急。我已经花了两年半的时间来追踪你，再花几分钟也不要紧。我想跟你谈谈。"

当她坐下来时，他说道："这样你就帮我把所有东西都记录下来了，但是唯独一件：你忘记补充原因了，这未偿付的债务到底是什么。此刻——我恰巧了解了。几年来，我都没有弄清楚。那正是让我坚持下去的理由。无论如何，我恰好在最后一刻查明真相——为了福尔摩斯的缘故。如果我没有查明，那么他——那个真正的福尔摩斯——此刻恐怕会和其他人一样了。"

"你碰巧知道了原因！"她的双眼似乎投射出火光，"你不可能知道，不，其他任何人都不可能知道。你曾经亲身经历过吗？你亲眼看见过吗？你看到的只是在某个被人遗忘了的、尘封了的警察报告上的一两句干话而已！但是那一幕还印刻在我的心里。

"时间流逝，那已经是很久之前的事了，然而，我只要一闭上眼睛,他就会再站在我身边,尼克,我的丈夫。然后痛苦就会再次吞噬着我,那股恨、那股怒、那种恶心和冰冷的失去。我只要一闭上眼睛,那就仿佛是昨天发生的事。那是过去已久,却从不曾忘怀的昨日。"

倒叙：拐角处的小箱子

"……无论环境顺逆，疾病健康，至死不渝？"

"我愿意。"

"我现在宣布你们结为夫妇。上帝让你们结合在一起，没人能把你们拆散。你可以亲吻你的新娘了。"他们害羞地转过身面对面。她掀开遮着脸庞的面纱。在这神圣的亲吻中，当他的嘴唇碰到她的双唇时，她的双眼轻轻地闭着。现在，她成了尼克·基利恩太太，不再是朱丽叶·贝内特了。

参加婚礼派对的亲友们都拥到他们四周，他们俩被冲过来的人浪包围着，攒动的人头、伸过来的双手和祝贺的声音包围着他们。

伴娘们一个个过来向她送上祝福时,她们的彩色雪纺帽子一个接一个地扫过她的脸庞,好像彩色的明胶幻灯片一样,渲染着她的脸,却没有把她的脸遮蔽。整个骚动的过程中,他们的双眼一直都在寻找着彼此,好像在说:"你在那里,你才是对我最重要的人。"

接着,他们——尼克·基利恩先生和太太——又肩并肩地站着。她的手顺从地挽着他的胳膊,就像妻子应该的那样,她的步伐配合着他的步伐,她的心脏随着他的音乐而动。他们沿着长长的、圆顶教堂的走廊,朝着教堂敞开的大门和未来走去——他们的未来正在等待。在他们身后,跟着两两成双的伴娘,像是一片移动的花床,黄色、天蓝色、淡紫色、粉红色。

教堂的拱门在头顶上渐渐褪去,让位于一片如天鹅绒般柔软的夜空,空中闪烁着一颗星星,那颗长庚星,象征着充满希望的事物,长寿、幸福、欢乐;充满希望——但却转瞬即逝。

当这对新人满怀信心地沿着教堂台阶那段短短的楼梯往外走的时候,他们的随从踌躇不前,好像共同商量好了一个恶作剧那样。最重要的一排汽车已经准备好了,离街道只有几扇门的几辆车已经发动,缓缓地开过来迎接他们。一阵鬼鬼祟祟的笑声在他们身后门廊的人群中响起。一双双手寻找着纸袋,接着头几个大米漩涡已经洒满了台阶。新娘抬起胳膊试图挡住轰炸,紧紧蜷缩在新郎身边。众人发出快乐的尖叫声,空中满是掉下来的白色谷物。

突然,空中响起一阵尖锐的、歇斯底里的刹车声,一个巨大的黑影失去了控制从教堂的一角猛冲而来，它出现得出人意料，简直让人无法看清。那黑影朝路边飞去，几乎差点要掉在台阶上。接着，出于某种癫狂的操控，它突然偏离了台阶，直线掉出去，那一秒之间，人们看出它是一辆黑色的轿车。接着它又快速地向前冲去。一连串震耳欲聋的爆炸声打破了整个令人惊叹的幻影，反射出来的火光随着爆炸声从一扇窗户窜到另一扇窗户，对面街道上的一排房子的底层着火了。紧接着，一团有害的黑烟席卷着教堂台阶和台阶上的人们，仿佛一个邪恶的灵魂经过那里，直到那恶毒的红色尾灯扭动着从视线中消失在街道另一端时，那有毒的烟雾才开始慢慢散去。

那笑声和快乐的喊声此刻已经变成了被压抑的咳嗽声和清痰声。接着是一阵突如其来的沉默，好像一个征兆。在这阵沉默中，一个声音说出了一个名字。新娘喊着新郎的名字。"尼克！"只叫了一次，声音中充满了肃静和恐惧。一秒钟之前，他们刚刚走出教堂，正肩并肩地、一动不动地站在台阶下。接着，突然之间，她独自一人站着，而他却躺在了她的脚下。

其他人都跑出来，跑下台阶，围在了她四周。在他们中间，他的整张脸抬头看着她，像一个白色的鹅卵石躺在一个深深的池底一样。在她雪白的面纱上有一个小小的红点，好像一个逗号。她一直盯着那个红点，仿佛被催眠了一样。他的脸没有动。不是一个逗号，不，那是一个句号。

几分钟过去了，可时间已不再有任何意义了。在周围所有的人群和漩涡中，她成了一尊白色的雕像，一个没有动作的人，一个固定的东西。大喊的建议声仿佛来自另一个世界，传到她的耳朵里完全失去了意义。"解开他的衬衣！让那些姑娘们离开这里，让她们上车，把她们送回家！"

很多双手朝她伸过来，试图拉她走开。"我的位置在这里。"她语无伦次地低语道。

"她受惊了，"有人说，"别让她那样站在那里，看看你能不能让她跟你走。"她简短地、机械地打着手势，他们就由着她。

在混乱的声音中，一阵凄凉的、叮当作响的钟声从远处传来，穿过街道，然后突然停下来。一个黑色的袋子在她的脚下打开。"已经去了。"一个低沉的声音说道。一个姑娘的尖叫声就在她身边某处响起，但不是她。

那个黑色的袋子朝着她半开着，"这里，让我给你……"

她用一只手示意人们走开——是那只戴着新婚戒指的手。"就让我再抱会儿我的丈夫。让我跟他说再见。"她跪在他的身边，在她四周涌出一堆白纱，就好像被风刮起来的雪堆。两个脑袋靠在了一起，就像他们本来打算的那样，但是只有一个能够拥抱。那些离她最近的人听见她轻轻地低语——"我不会忘记。"

然后，她又站起来，是所有人中最挺拔的一个，像冰，像一团白色的火。一个正在呜咽的伴娘无助地拉着她的衣袖："现在请你走吧,求你了,朱丽叶。"

她好像没有听见:"车上有几个人,安德烈娅?"

"我想,我看见五个。"

"那也是我看到的,我的眼力那么好。"

"那辆车的车牌号是多少,安德里亚?"

"我不知道,我没时间……"

"我看见了,D3827。而且我的记忆力非常好。"

"朱丽叶,不要这样,你让我感到害怕。你为什么不哭出来?"

"我正在哭泣,只是在你看不见的地方。跟我来,安德里亚,我要回到教堂里去。"

"去祈祷吗?"

"不,去发誓。向尼克发另一个誓。"

尼克·基利恩案的事后剖析

"这么说，那就是原因。你已经偿还了债务。"万格若有所思地说，"现在无论我们对你做什么都不能把你因成功获取的满足拿走，是不是？我们给你的任何惩罚都不能触及你的内心，那里才是真正重要的，是不是？"她没有作答。

"没错，我一直都是那样猜测你的，现在我明白了我猜测你的方式是正确的。毋庸置疑，监禁对你而言不会是任何惩罚；不，电椅本身也不是，如果他们恰好让你坐电椅的话。你的双眼没有闪烁过一丝的后悔，你的内心没有丝毫的畏惧。"

"完全没有。你读懂了我。"

"国家惩罚不了你,是不是?但是我能。听着,朱丽叶·基利恩。

"你并没有为尼克·基利恩报仇。你只是以为你报了仇,但是你没有。那天晚上,当布利斯、米切尔、弗格森、福尔摩斯和莫兰摧毁了那些教堂的台阶,在车上喝醉了酒咆哮的时候,一个人正蹲在教堂对面公寓的一层窗户那里,手里拿着枪,看着你们两个人,等你们走出来。因为某个原因,当基利恩走进教堂的时候,他错过了机会。可能是基利恩乘坐的出租车正好妨碍了他开火的线路;也许他身边人太多,也许他自己在这死神的岗位上迟到了。所以,他就留在那里,他不想在他出来的时候错过他。

"他没有错过。

"当你和你的丈夫沿着台阶走下来的时候,他举起了枪,瞄准了基利恩,扣动了扳机。就在那一刻,那辆汽车疾驰而来,它的废气管一分钟之前在一英里处已经爆炸了。但是,他的子弹找到它的痕迹,紧贴着汽车的车盖。那是个不寻常的时机,百年不遇,即使他当时试图那样安排都不可能做到。汽车预先有的火光在那排没有亮灯的窗户格子上反射出来的光,正好掩盖了他手枪发射出来的光。

"那就是你的惩罚,朱丽叶·基利恩。你害死了四个无辜的人,他们与杀害你丈夫的案子毫无关系。"

他能判断出,他的这番话仍然没有触及她的内心。她整个人仍然是那种冷冰冰的、油盐不进的呆滞状态。她的眼睛里露出怀疑的目光。"是的，我记起来了，"她轻蔑地说道，"当时有几家报纸试图暗示某种不可靠的可能性，毫无疑问，那是受你们这些人蓄意的鼓动，以掩盖你们自己的无能。在那之前就已经有很多悬而未决的案子——埃尔韦尔案、多萝西·金案、罗思坦案——总是有同一个理由：在错误的地方腐败，在正确的地方贿赂、拖拉。可是，在整个办案史上，从来没有一个案子像这个案子一样被忽视。从头到尾，甚至连个嫌疑犯都没有被问询过。好像一只狗被人在街上射死一般！"

"就我们鼓励当时的报纸来说，正好是跟你说的相反。我们尽了一切的努力去阻止他们从一个人穿过街道被车撞死的角度来报道，特意用被来自某个屋顶的来源不明的子弹射中的故事来误导他们，希望如果我们对这事儿保持安静，如果那个未知的枪手以为他没有被怀疑，那我们就更容易抓到他。"

"我当时不相信，我现在就会相信了吗？我亲眼看见……"

"你所看到的只是当时视觉上的一个幻觉。如果你当时就来寻求我们的帮助，问我们如何展开调查，我们会一次而永远地向你证明，并且让你满意。但是，你没有，你选择了自己去复仇，喂养你的痛苦，拒绝见警察。你刻意隐瞒你自己看到的信息——尽管并不准确——把它用来谋杀。"

她向他投去一瞥，表情里带着得意的认可。

"在教堂对面的那个房间里，我们在窗帘上找到了火焰烧过的痕迹。那幢楼楼上住了人，他们当时清楚地听见他们脚下有一声枪声响起，在外面发出亮光之前。毕竟，他们比你处在更有利的判断位置。我们甚至找到了一个废弃的子弹壳，它插在地板的一个裂缝中，口径与你丈夫身上取出来的子弹相同。从开始，我们就知道这次死亡射击来自哪里；这也是为什么我们没有满城去追踪那些疯狂的车辆。除了不知道杀手是谁之外，我们已经掌握了一切线索。我们只是最近才知道那个杀手是谁。难道你不想知道他是谁吗？难道你不想至少听一下他的名字吗？"

"为什么我要相信你们为了误导我，而从哪个骗子的帽子里找来的兔子？"

"证据已经记录在案了。但是，它来得太晚了，已经救不了布利斯、米切尔、莫兰和弗格森了。但是今天，它已经在那里了。它是科学证据，是不可以随便规避的证据。文字证据，一份签了名字的自首报告——此刻我正随身携带了一份副本。过去的三个星期以来，他一直藏匿在城里。"第一次，她没再挑战他的答案。

"等会儿你跟我回去之后，你会跟他面对面地相见。我想，你会记起来以前跟他见面的情景。"

第一道表面裂纹出现在保护她的呆滞的表情上。她的双眼流露出一点怀疑，一点恐惧。她挤出来一个问题："是谁？"

"科里。这个名字对你是否有什么意义？"

她痛苦而缓慢地说道："是的，我记得这个科里。他两次越过我的路，不过只是一会儿的工夫。一次是在阁楼上的派对，他给我端了一杯酒。当时是那么容易……可是我却放过了他，清除障碍为了……"

"谋杀布利斯，是不是？"

"照你这么说，布利斯是一个从未伤害过我，在那晚之前从未见过我的人。"她托住自己的前额，继续说道……"第二次和最后一次，我和他在他自己的房间里待了几分钟。我和他回到他的公寓，因为那是摆脱他最简单的方式。我记得，我甚至用枪威胁过他，确保我不被他阻止，可以脱身。他的枪。"

"就是那支杀了你丈夫的枪，就是那支将子弹射入尼克·基利恩身体里的枪。由于一个新来的菜鸟的疏忽，那把枪被送到了发射学部门而不是指纹部去检测，当时是为了取你的指纹。那把枪就是他当时明目张胆地交给我们的。

"我记得我当时坐在那里与指纹部大吵大闹，怪他们没有给我送回武器报告，结果这个武器根本就没有送到他们那里；这时候发射学部门有人打电话给我说，'你派人送给我们的枪经过检测与尼克·基利恩身上取出来的弹头吻合，我们估计那是你想要的结果，因为你并没有很具体地提要求。'我没有亲眼看见的时候，我还不敢相信他们说的。然后，更加讽刺的是，科里正好过来看看我们是不是已经检测完了那支枪，看看他是不是可以取回去。此后，他就再也没能出去了！

"他本来是自愿来帮助我们的。他拥有持枪执照,而且他也愿意让我们拿着那把枪去查验你的指纹。我估计,到那时为止,杀害基利恩的案子已经过去了很多年,他的免疫力感觉已经变成了一种迷信,他以为没什么能够……

"花了一点时间,不过我们最后还是制服了他。与此同时,我一直独自在侦破一系列我们所有人都以为是完全不同的另外的案子。我在图书馆的一张旧报纸上看到一则模糊的新闻,发稿日期正好是周五魔鬼俱乐部那帮家伙出去浪荡的一个周五晚上。本来只是一个小小人性偏好的事情,对当时被牵扯进去的人却是一个悲剧,但那不是特别的重要。报道称,一位新郎刚离开他举行婚礼的教堂,就被一枚来源不明的子弹射死,据猜测可能是从附近的某个屋顶开火的。

"对我而言,那则事故为谋杀周五魔鬼俱乐部成员的案子提供了唯一可能的理由——这个俱乐部已经失去了三位正式会员和他们经常带出去狂欢的一位酒吧服务员。我把这些事实都联系在一起,故事里没有提及那位丧夫的新娘是谁,但是无论如何,肯定有一位新娘,一个男人不可能独自去结婚。

"所以,我们对逮捕科里的事情没有张扬,事实上他是被单独监禁的,以确保你不会得到风声而放弃你下一个也是最后一击。下一击会在哪里着陆是很容易判断的,所以我就进入位置等候着。

"可是,我不明白的是,在每两次——可以说——探视之间的日子里，你是怎么度过的？每次你都消失得无影无踪，发型和外貌特征等所有这些都能够迅速改变，你是怎么做到的？我知道你会出现，但是直至最后一分钟，我也不知道你会从哪里来，或者以什么方式出现。就好像是要抓住一个幽灵一般。"

那女人心不在焉地回道："并没有什么超自然的东西。我估计你曾经是在一些不寻常的藏身地，酒店公寓或是廉价宾馆找过我吧。我每天都接触许多人，他们从不会多看我一眼。我住在一家医院。如果你想知道那家医院的名字，我也可以告诉你，它是城里最大的医院。我在那里工作，也住在那里，没有必要出去。我的头发一直被遮盖着，所以从头到尾就没有人知道——也没有人关心——它是什么颜色。我不当班的时候就待在自己的房间里，尽量不跟同事来往。当出击的时机到来——我就会请一段时间的假，离开，几天后我再回到单位工作。

"所有这一切是为了什么？一切都没有意义。"

她又一次出现呼吸困难，好像之前坐在那把椅子上一样，仿佛她身体里的某种东西破碎了，堵住了她的喉管。

"这么说，我曾经拿过那把杀害尼克的枪，用我自己的双手！让他在枪面前很无助，然后我把它放下，走出去，去杀了一个无辜的人。"她开始失去控制地发抖，好像在打冷颤，"现在我能听见布利斯从露台上掉下去时发出的可怕的叫声。我当时没有听见。现在我能听见米切尔的呻吟。我现在能听见他们所有人！"她突然垂下脑袋好像脖颈折断了似的。她啜泣的声音很低,但是很急促,甚至能赶上发电机的速度。

很长时间后,她停止啜泣,又抬起了头:"他为什么要那样做——我是说科里?"她问,"我必须知道那个。"

那张纸在他的外套下发出嚓嚓声。他拿出一份供词,展开,给她看。她只是瞟了一眼开头和最后一页的签名,又还给了他。"你告诉我吧。"她说,"我现在相信你。你是一个诚实的人。"

"他们俩是干同一行的,你丈夫和科里。一个不错的、很赚钱的且利润丰厚的小行当。具体细节都在这份供词里说了。"他突然停下来,"基利恩有没有告诉过你这个?"他问。

她点了点头。"有,他跟我说过。我知道。他曾经告诉我——所有的事,但是人名除外。他也告诉过我,他一旦退出会有什么后果。我当时不相信他。我当时对暴力还不那么了解。我告诉他,要么选择他的事业,要么选择我。我当时没想到会那么严重,我当时不相信可能会是那样。你知道的,我爱他。他用了一两个星期做决定,最后他选择了我。"

朱丽叶·基利恩第一次正视了万格。她平静地说话,仿佛在说另一个女人的故事。"他改变了住处,我们的约会都是秘密进行。我当时提议去寻求警察的保护,但是他告诉我,他入行太深,无论谁他都害怕。他说我们要逃走。我们尽快逃走,从教堂一出来就去坐船。那是我坚持的另外一件事,一个教堂婚礼。"她可怕地笑了笑,"你看,从一方面来说,是我害了他。这让我后来更加罪孽深重。"她犹豫了片刻,疲倦了,接着又继续说。

"他说,我们不会立即回来。也许我们此后将很长一段时间都回不来。他没说错。我们真的都离开了——但不是在一起。而且我们俩谁也回不来了。"

"我当时也知道,我必须在这些条件下接受他,或者根本就不接受。对我来说,并不存在选择的问题。我需要他。天知道,我是多么需要他。没有他在身边的时候,我总是彻夜难眠,把时间分解成几分几秒,好让时间看起来更短。他干的行当……"她耸了耸肩——"他曾发誓会放弃,退出,那是我的良心强烈要求他那么做的。"

"你们两个都错了,"万格几乎独自陷入沉思,"我在想他是否真的退出了他的游戏。在做'生意'过程中,他们制造了好几起杀人事件。而且接下来会有最后分赃的问题,那才是最主要的摩擦。科里不能让他退出,他们两人陷入了僵局。"

那女人打断了万格。她那平静的语气中透露出一种暴怒:"他退出了。他不仅退出了,而且把自己玩儿完了。科里先生却成了城里时髦的人物。那就是他已经成为的样子!为什么他不肯放过基利恩,为什么他要杀害他?"

万格在他的职业生涯里,有史以来第一次回答问题,而不是提出问题。朱丽叶·基利恩的语气中有种绝望的特质,把他们俩都带到了被捕人和逮捕人原则之外。

"没错,科里退出了。但是,别忘了,到他想退出的时候,已经没剩下谁去跟他计算,只有他自己。当基利恩想退出的时候,还有科里在。他那样做的方式不是十分令人安心。他只是突然切断一切联系,让别人找不到他——也许是听了你那些好心的建议——但是他身上背负的债足以将他送上三四回电椅。先不提科里认为自己到他口袋里去的那几千美元,科里有他自己的理由,无论如何,自从那时之后,他的内心就没有一刻是平安的。那就好像有一把斧头时时刻刻悬在他的脖子上威胁他的生命。当他们的关系还算和睦的时候,他就出去寻找尼克,以防基利恩先发制人。教堂是科里可以肯定的唯一能找到尼克的地方。在那之前,尼克显然没有现过身!"

"他隐藏得很深,很深。"她安静地,几乎是冷淡地说。

"尼克搬家了。科里不知道那个姑娘是谁,也不知道她住在哪里。"

"我们在黑暗的地方见面,在电影院约会,总是在最后一排的两个位子。"

"可是,他最终想到了一个办法。他到所有的教堂里四处去打听。有人说漏了嘴,所以他就查明了婚礼举行的时间和地点。于是,他租了一个房间,可以远望到教堂的偏门。他知道基利恩会走偏门。他随身带上了一支枪,还有一袋食物。整整四十八个小时,他没有离开过那扇窗户,为了以防万一,他猜测在最后一分钟,婚礼举行的时间可能会往前移。"

房间里一阵寂静。万格想到那颗杀害尼克·基利恩的子弹,那颗在另外五个人头上飞过,却不可改变地导致四人丧命的子弹。他叹了口气,抬头看着朱丽叶·基利恩。

"至于你——他从头到尾就不知道你是谁。你只是他目标人物身边的一个不重要的小白鸽式的形象。而他——你也从不认识他是谁,对不对——那个有一个晚上带你回他房间的男人,那个曾经杀害你丈夫的男人?"

那女人没有作答,好像也没听进去。

"后来,他以教堂看守人的名义送了一个花圈到葬礼上。"女人颤抖了一下,举起一只手,仿佛万格打击了她。

他看见自己终于说服了她。他站起身来,把手铐带在她的手腕上,轻轻地锁上,仿佛不想打扰她痛苦的空想。她似乎没有注意到手铐。

"我们走吧。"他生硬地说。

她站起来,突然意识到戴在手腕上的金属。她看了看万格,沉重地点了点头,"是的,"朱丽叶·基利恩说,"我是该走了。"

图书在版编目（CIP）数据

黑衣新娘 /（美）康奈尔·伍里奇著；邹文华译
. —— 上海：上海文艺出版社，2019（2021.3重印）
（康奈尔·伍里奇黑色悬疑小说系列）
ISBN 978-7-5321-7282-5

Ⅰ.①黑… Ⅱ.①康…②邹… Ⅲ.①长篇小说－美国－现代 Ⅳ.①I712.45

中国版本图书馆CIP数据核字（2019）第135554号

黑衣新娘

著　　者：[美]康奈尔·伍里奇
译　　者：邹文华
责任编辑：高　健　蔡美凤
装帧设计：周　睿
责任督印：张　凯

出　　版：上海文艺出版社
出　　品：上海故事会文化传媒有限公司
　　　　　（200020　上海市绍兴路74号　www.storychina.cn）
发　　行：上海文艺出版社发行中心
　　　　　（上海市绍兴路50号）
印　　刷：上海中华印刷有限公司
开　　本：889毫米×1194毫米　1/32　印张8
版　　次：2020年2月第1版　2021年3月第2次印刷
ISBN：978-7-5321-7282-5/I·5797
定　　价：35.00元

版权所有·不准翻印

上海故事会文化传媒有限公司　出品（00921）www.storychina.cn

想看更多精彩故事？
扫码下载故事会APP

上海故事会文化传媒有限公司所有图书可办理邮购，免收邮费（挂号除外）
汇款地址：上海市绍兴路74号（200020），　收款人：上海故事会文化传媒有限公司出版发行部
联系电话：021-64338113
如发现本书有质量问题，请与印刷厂质量科联系 T：021-60829062